AF388596

Impressum
© 2015 Brigitta Moser
Umschlag, Illustration, Layout: Marcel Fenske-Pogrzeba
Korrektorat: Mag. Dr. Melanie Künz
Bildmaterial: aus Familienbesitz
Zeichnungen: von Franz Seraphin

Verlag: Tredition GmbH, Hamburg

ISBN
Hardcover: 978-3-7323-7519-6
Softcover: 978-3-7323-7589-9
eBook: 978-3-7323-7551-6

Gedruckt in Deutschland

Liebesbriefe aus alter Zeit

Emmilia Theresia,
geb. am 6.1.1870 in Mugrau,
gest. am 21.4.1955 in Linz

Franz Seraphin,
geb. am 19.5.1862 in Allspitzenberg,
gest. am 19.5.1921 in Linz

Für Gundl

Meine Großeltern mütterlicherseits stammen beide aus dem Böhmerwald. Ein viel beschriebener Ort voll Magie und Geschichte, ein Teil des Königreiches Böhmen mit seiner wechselvollen Vergangenheit, dessen Herrscher im 19. Jahrhundert der österreichische Kaiser Franz Joseph l. war.

Die gesamte Verwaltung, Rechtsprechung und das Militär wurden zentral von Wien aus bestimmt. Das alte Österreich war ein Vielvölkerstaat, innerhalb dessen Grenzen viele verschiedene Nationalitäten lebten. Die Doppelmonarchie Österreich-Ungarn war ein riesiges Reich: 50 Millionen Menschen waren auf einer Fläche von 700.000 Quadratkilometern Untertanen des Kaisers: Deutsche, Tschechen, Slowaken, Italiener, Rumänen, Kroaten, Serben, Slowenen, Magyaren, Polen und Ukrainer. Mit dem Ersten Weltkrieg fand die Donaumonarchie schließlich ihr Ende. Noch heute können viele Österreicher auf eine lange Kette von Vorfahren aus jener Zeit zurückblicken.

Kein Wunder also, dass es einem k.k. Fachlehrer für Kunst wie Franz passieren konnte, eine Stelle im weit entfernten Gottschee (im heutigen Slowenien) antreten zu müssen. Oder zu können …

Nach Böhmen war es somit eine Zwei-Tages-Reise mit Autobus und Zug und konnte daher nur zu besonderen Anlässen und natürlich nur in den Schulferien angetreten werden.

Nachdem sich Emmi und Franz am Ende der Sommerferien 1893 bei einer Einladung kurz gesehen hatten, war es um Franz geschehen. Er erkundigte sich noch nach ihrem Namen und ihrer Adresse, bevor er in Gottschee das neue Unterrichtsjahr in der Kunst-Fachhochschule beginnen musste.

Und dann schrieb er ihr. Und dann antwortete sie. Und dann verlobten sie sich. Und dann, erst zu Weihnachten, trafen sie sich zum ersten Mal als verliebtes Paar – beziehungsweise nahmen sie sich erstmals überhaupt bewusst und leibhaftig wahr!

Bis zum Ende des Schuljahres war alles geregelt, eine Wohnung gefunden, die Aussteuer erledigt und die Hochzeit geplant. In den Ferien wurde geheiratet. Das Hin und Her von Briefen war überflüssig geworden.

Nach einigen Jahren und zwei Kindern wurde Franz von Gottschee nach Bruck an der Mur versetzt. Von dieser Zeit sind mir so gut wie keine schriftlichen Aufzeichnungen überliefert. Schließlich, nach der Geburt eines dritten Kindes, meiner Mutter, kam er nach Linz, wo er bis zu seinem Tod im Jahre 1921 als Kunstprofessor wirkte.

Von Emmi, meiner geliebten Großmutter, weiß ich viel, viel mehr. Und das nicht nur, weil ich sie noch erlebte und mich allerlei Erinnerungen an sie und ihre Nachkommen bis heute begleiten.

Von ihr und ihrer böhmischen Herkunft ist uns in Briefen, Dokumenten, Zeichnungen und Fotos wesentlich mehr erhalten. Letztlich teilen wir mit vielen österreichischen Familien so manche Traditionen aus dem Böhmerwald, die sich bevorzugt rund um Feste und köstliche Speisen bis heute erhalten haben.

Geboren 1870 in Mugrau als Tochter des Verwalters des dortigen Bergwerkes wuchs sie wohlbehütet und mit Liebe umsorgt mit drei Brüdern auf – ganz im Sinne dessen, was ein „Fräulein“ damals tun konnte und lassen musste, um ihren guten Ruf nicht zu gefährden.

Sie war 23 Jahre alt, als sie den ersten Brief von Franz bekam. Man spürt aus ihren Briefen mit der zierlichen, feinen Handschrift geradezu, wie aufregend und neu das Werben eines Mannes für sie war.

Sie hatte in einem Internat der französischen Schwestern in Neuhaus am Inn ganz offensichtlich etwas von „der Welt da draußen" gesehen und erlebt und war von ihren Eltern nicht ganz auf häusliche Pflichten und Tugenden reduziert worden. So lernte sie z. B. die Kurzschrift, sicherlich damals nicht ganz so üblich für ein Mädchen.

Geradezu unvorstellbar heute, wenn sie schreibt, dass sie froh ist, wenn das Wetter besser wird, damit sie endlich wieder in die Natur hinaus kann! Daraus kann man schließen, dass entsprechendes Schuhwerk und halbwegs wetterfeste Kleidung früher allenfalls für Männer vorgesehen war.

Wie oft kann man beim Lesen erahnen, wie langweilig und eintönig sie ihr Leben manches Mal empfand. Noch vielmehr wahrscheinlich, wenn sie es mit dem ihrer Brüder verglich.

Ebenso nicht wirklich vorstellbar mag es uns heute erscheinen, dass man einem Mann seine Liebe und Treue versprechen kann, ehe man ihn überhaupt von Angesicht zu Angesicht kennenlernen konnte. Aber immerhin wurde nichts von den Eltern arrangiert und der Tochter die Entscheidung überlassen.

Meine Großmama habe ich als zerbrechliches Wesen in Erinnerung. Klein und zart, sanft und geliebt von ihren Kindern und Enkeln. Ganz selten nur erlebte ich bei ihr so etwas wie Verstimmtheit oder Ärger.

Wobei das Leben mit Franz nicht ganz einfach gewesen sein muss. Als Künstler, der er war, mag er sich vielleicht so manches Mal nicht wirklich gerne in die Niederungen des Alltags begeben haben. Meine Mutter erzählte jedenfalls nicht viel von ihm; außer, dass er ein schwieriger Mensch gewesen ist und am Ende seines

Lebens von Krankheit gequält war. Andererseits – sie war erst 17 Jahre, als er starb, und allein deshalb dürften ihre Erinnerungen mit den Jahren verblasst sein.

Das, was ich als Jugendliche in den Skizzenbüchern und Zeichenmappen von ihm fand, faszinierte mich schon immer, so manches zarte Aquarell hängt bis heute gerahmt in meiner Wohnung. Halbreliefs seiner Kinder und Plastiken gehörten, seit ich denken kann, zum Inventar. Zuerst noch in der Wohnung meiner Großmama in Urfahr und zuletzt bei uns in Linz, wo sie ihre letzten Lebensjahre verbrachte.

Erst viele Jahre später entdeckte ich im Nachlass meiner Mutter die fein zusammengebundenen Briefe, die wie viele andere Erinnerungsstücke die Jahrzehnte in Schubladen überdauert haben und erst jetzt ans Licht geholt wurden. Gelesen und von meiner ältesten Kusine aus der Kurrentschrift transkribiert wurden sie letztlich erst 2014.

Vieles mag uns heute übertrieben, ja kitschig und emotional überladen erscheinen.

Auch Großpapas Bilder und Plastiken atmen den Stil des ausgehenden 19. Jahrhunderts. Außerdem fertigte er viele Auftragsarbeiten an und musste quasi Kundenwünsche erfüllen.

Trotzdem dürften seine Briefe sehr wohl seine persönliche künstlerische Phantasie und Emotionalität widerspiegeln. Denn Emmis Briefe sind längst nicht so poetisch und überschwänglich. Ihr Wesen war sicherlich einfacher und pragmatischer den „weltlichen" Dingen gegenüber und nicht von dramatischen Gefühlen und künstlerischen Höhenflügen überlagert, uneins mit den Anforderungen der Realität des täglichen Lebens.

Ich glaube, nach über 120 Jahren sind diese Liebesbriefe auch so etwas wie ein historisches Dokument der Alltagsgeschichte einer vergangenen Epoche.

Viele Tausende ähnlicher Briefe würden wohl Tausende Familiengeschichten widerspiegeln, wenn sie denn erhalten geblieben wären.

Vor allem aber mögen sie mit ihren blumigen und gefühlvollen Liebesbezeugungen auch für jüngere Leser ein weit entferntes und vielleicht gerade heute emotional anrührendes Beispiel zwischenmenschlicher schriftlicher Kommunikation sein.

Regelmäßig wurde dem verliebten Paar der Platz auf dem Briefpapier zu wenig. Sie behalfen sich dann mit einer Kurzschrift. Diese Stellen sind mit eckigen Klammern [ ] markiert. Ebenso jene, die im Original nicht entziffert werden konnten.

[?] wurde von der Herausgeberin dort gesetzt, wo sich ihr im Text kein Sinn erschließen konnte.

Die Rechtschreibung wurde dem Standard vor der Rechtschreibreform angepasst. Lediglich das früher oft verwendete Wort „theurer/theure" wurde beibehalten.

Hochverehrtes Fräulein!

Freundlich durch Ihre Liebenswürdigkeit und Herzensgüte verleiten ich mich zu diesem Schritte, Sie
mit einem Briefe zu belästigen; doch — entschuldigen Sie verehrtes Fräulein diesen
____ meinerseits. Hören Sie mich durch diese
____ Zeilen einen Augenblick an —
ich bitte!

        Von mehreren Seiten erhielt ich Kunde
von Ihrem bescheidenen, liebenswürdigen Wesen,
von Ihrem edlen Herzen; unwillkürlich zu sehr
oft richtete sich mein Blick nach dem freundlichen
____ Ihrer Behausung, wenn ich aus der

Höhe von [?] Freund, der sehnlichste Wunsch
Ihre werthe Person von Angesichte zu schauen
wurde immer mächtiger, endlich – mein Traum
ging in Erfüllung, ich hatte die ausgezeichnete
Ehre Ihnen vorgestellt zu werden. – Ahnten
Sie damals, mit welchen Gefühlen ich Ihnen
gegenüber saß? Das halbstündige Beisammensein mit Ihnen und Ihrer liebenswürdigen Mutter
machte meine [?], meine Ruhe war dahin — — —

Nun, eine innige Bitte hochverehrtes Fräulein
Darf ich noch öfter brieflich an Sie werthe [?] fran-
..ten? Sie kennen mich zwar noch nicht, wenn
Ihre Frage beleidigt, Sie würden keine Bedenken
tragen, diese meine innigste Bitte zu würdigen. –

Beglücken Sie mich daher baldigst mit einigen
Zeilen, nehmen Sie meinetwegen vorher mit

Ihren geehrten Eltern Rücksprache; ich gehe stets
offen und ehrlich vor; ob sich mein weiterer Herzens-
Wunsch, Den ich noch nicht auszusprechen wage,
erfüllen wird, stelle ich Gott und Ihnen anheim

Ihr ergebenster

Franz Christl
k. k. Forstlehrer

Gottschee

Unterkrain.

…schen 16. 9. 93.

Hochgeehrtes Fräulein!

Ermutigt durch Ihre Liebenswürdigkeit und Herzensgüte erkühne ich mich zu diesem Schritte, Sie mit einem Brief zu belästigen. Doch entschuldigen Sie, verehrtestes Fräulein, diesen Frevel meinerseits, hören Sie mich durch diese ehrerbietigen Zeilen einen Augenblick an – ich bitte!

Von mehreren Seiten erhielt ich Kunde von Ihrem bescheidenen, liebenswürdigen Wesen, von Ihrem edlen Herzen; unwillkürlich, ja sehr oft richtete ich meinen Blick nach dem friedlichen Werk, Ihrer Behausung, wenn ich auf der Höhe von Rindless stand. Der heiße Wunsch Ihre werte Person von Angesichte zu schauen wurde immer mächtiger; endlich – mein Traum ging in Erfüllung; ich hatte die ausgezeichnete Ehre Ihnen vorgestellt zu werden. Ahnten Sie damals, mit welchen Gefühlen ich Ihnen gegenüber saß? Das halbstündige Beisammensein mit Ihnen und Ihrer liebenswürdigen Mutter raubte meine Fassung, meine Ruhe war dahin …

Nun eine innige Bitte, hochverehrtes Fräulein: Darf ich noch öfter brieflich an Ihre werte Person herantreten? Sie kennen mich zwar noch nicht, wäre diese Frage erledigt, Sie würden keine Bedenken tragen, diese meine innigste Bitte zu würdigen. Beglücken Sie mich daher baldigst mit einigen Zeilen, nehmen Sie meinetwegen vorher mit Ihren geehrten Eltern Rücksprache, ich gehe stets offen und ehrlich vor; ob sich mein weiterer, heißester Wunsch, den ich noch nicht auszusprechen wage, erfüllen wird, stelle ich Gott und Ihnen anheim.

Ihr ergebener Franz Christl
k.k. Fachlehrer
Gottschee, Unterkrain

Gottschee, 16.9.93

Mugrau, den 22.9.93

Geehrter Herr Christl!

Angenehm überrascht durch Ihre freundlichen Zeilen und eingedenk der darin ausgesprochenen Bitte, will ich nun auch nicht säumen die Selbe zu erfüllen.

Was Sie, wie Sie in Ihren Briefen erwähnen, über meine Person gehört, dürfte nicht zu schmeichelhaft für mich sein u. meine Bescheidenheit auf eine arge Probe stellen!

Daß ich Gelegenheit hatte Sie kennen zu lernen, freut mich aufrichtig u. der Eindruck, den ich dabei gewann, war ein sehr guter.

Ob Sie noch öfter schreiben dürfen! Ich kenne Sie ja kaum, wie Sie selbst sagten; doch kann man sich nicht auch durch brieflichen Verkehr näher rücken u. sich gegenseitig besser kennenlernen? Es wird mich daher freuen öfter von Ihnen zu hören. Um so in regem geistigen Verkehr mit Ihnen zu sein. Meine Eltern wissen darum und billigen es; daß Sie stets ehrlich und offen vorgehen, ist in meinen Augen eine schätzenswerte Eigenschaft, auch mir geht Aufrichtigkeit über alles.

Eines möchte ich Sie bitten: adressieren Sie fernere Briefe nicht mehr „Post Schwarzbach", sondern „Post Hörritz bei Krummau, Böhmen", da sie auf diese Weise nicht zu viele Hände passieren müssen.

In der Hoffnung, Ihnen mit meinen Zeilen eine kleine Freude bereiten zu können, grüße ich Sie herzlichst

Ihre

Emilie Breitschopf

Theuerstes Fräulein!

Mit Bangen zählte ich die Tage, die nach dem Stapellauf meines ersten Briefes ins Meer der Ewigkeit hinabrollten. Immer und immer wieder stellte ich mir die peinliche Frage: Was hast du durch deinen kühnen Schritt herauf beschworen, wird dein Schreiben unbeachtet in den Papierkorb wandern? Endlich – die bangen Zweifel fanden die glücklichste Lösung, jubelnd öffnete ich vorgestern Ihr liebes Briefchen.

Ehe ich weiterschreibe, hochverehrtes Fräulein, lassen Sie mir den innigsten Dank für die Erfüllung meiner Bitte aussprechen, Sie ahnen ja nicht im mindesten welch große Freude Sie mir bereitet, wie glücklich Sie mich durch die liebenswürdige Weise, mit der Sie meinen Brief beantworteten, gemacht haben.

Ich gestehe gerne zu, daß in der bewegten Gegenwart ein junges Mädchen sehr vorsichtig im Verkehr mit dem männlichen Geschlechte sein muß. Sie räumten mir das Recht ein, diesen für mich so ehrenvollen Verkehr mit Ihnen fortzusetzen, trotzdem Sie mich nur vorübergehend kennen gelernt haben; ein Beweis, daß Sie mich nicht gar zu sehr unterschätzen, wofür ich Ihnen nochmals herzlich danke. Sie nennen es schmeichelhaft, sehr verehrtes Fräulein, wenn ich Ihre Bescheidenheit berühre, Sie sollen jetzt erfahren, daß ich in höchstem Grade unbescheiden bin. Nachdem Sie mir den brieflichen Verkehr gestattet haben, erkühne ich mich, noch einen Schritt weiter zu gehen, geradem Wege meinem heißersehnten Ziele näher zu rücken. – Mein theuerstes Fräulein, fasse ich den Muth, Ihnen zuzuflüstern: Ich liebe Sie, liebte Sie heiß und innig schon seit dem Tage, an dem ich das Glück hatte, Sie zum ersten Male zu sehen. Fragen Sie Ihr Herz, ob es im Stande wäre meine heiligsten Gefühle zu erwidern, fragen Sie Ihre geehrten Eltern, ob sie noch etwas mehr als den schriftlichen Verkehr billigen würden.

Ich kann Ihnen zwar nicht mehr bieten als ein trautes Heim

und eine sorgenlose Zukunft; dafür aber ein reines, aufrichtiges Herz und einen geachteten Namen. Sagen Sie mir daher offen und ehrlich Ihre Meinung, theuerstes Fräulein, und entscheiden Sie über mein Glück, das Glück Sie recht bald als mein treues Weibchen in meine Arme schließen zu dürfen.

Die herzlichsten Grüße von
Ihrem ergebenen
Franz Christl

Gottschee, 28.9.93

Werbung

Mugrau, den 3. Oct. 1893

Werter Freund!

Eine schwere aufregungsvolle Stunde tritt jetzt an mich heran, indem ich diesen Brief zu schreiben beginne! Nicht, daß mir die Entscheidung selbst, die ich kundgeben soll, schwerfiele, nein, aber der Ernst dieses Schreibens liegt mir klar vor Augen. Ich soll Ihnen ehrlich u. offen Antwort geben auf Ihr, ich muß gestehen, stürmisches Verlangen. Sie bieten mir ein liebendes Herz und fragen mich, ob ich die Ihre werden will, ob mein Herz im Stande wäre, Ihre Gefühle zu erwidern.

Wie schwer ist es doch, wenn man eine Antwort, die man am besten mündlich geben sollte, dem toten Papier anvertrauen soll.

Ich halte Sie für einen Ehrenmann, lieber Herr Christl, u. in Folge dessen glaube ich auch Ihren Worten, obwohl ich gegen Männer etwas mißtrauisch bin. Sie flößten mir dies Gefühl des Zutrauens ein, schon beim ersten Zusammensein mit Ihnen. Doch ich kann alle Für und Wider nicht zu Papier bringen (es würden unzählige Seiten voll), die mich bestürmen, ich sage Ihnen einfach offen, ja ich will die Ihre sein, nehmen Sie mich an mit meinen Fehlern und Schwächen, ich will Sie treu lieben vom ganzem Herzen und Ihnen eine anhängliche, gewissenhafte Gattin werden, wenn Ihre Worte wahr, wenn Sie stets auch so fühlen und denken werden wie jetzt. Sie fühlen vielleicht selbst, was ich jetzt ausgesprochen, mein Lebensglück, mein Dasein gehört jetzt Ihnen. Der liebe Gott, den ich innbrünstig angefleht, wird mir seinen Segen nicht versagen.

Haben Sie sich so schnell entschlossen mir Ihre Hand anzutragen, trotzdem Sie mich noch so wenig kennen, wäre es nicht schön von mir Zweifel an Ihnen, Ihrem Herzen und Charakter zu hegen. Mein Herz sagt mir, daß ich mir keinem Unwürdigen zu Eigen gebe und ich bin gewiß, Sie rechtfertigen dies Vertrauen.

Was hülfe auch langes Besinnen, ich würde meinen Ent-
schluss, den ich einmal gefasst, nicht ändern und näher kennen lernen könnte ich Sie auch nicht, da Sie (leider) so ferne
sind. Ich war so aufgeregt seit dem Empfang Ihrer Briefe,
jetzt da ich mein Wort unwiderruflich gegeben, bin ich ruhiger. Und sollten wir doch, wenn wir uns noch näher kennen,
sehen, daß wir nicht zu einander passen so – Doch das wollen wir nicht hoffen! Tausend Grüße sendet Ihnen aus der
Ferne

Ihre
Emmi

Ein heiliges Anrecht.

Meine theure, innigst geliebte Braut!

Der freundliche Inhalt Ihres ach so lieben Briefes gibt mir das heilige Anrecht, Sie meine Braut nennen zu dürfen. Denn Sie erwidern ja meine aufrichtige, reine Liebe und opfern mir Ihr Dasein.

Es war eine Fügung des Himmels, daß ich mich mit unwiderstehlicher Gewalt zu Ihnen hingezogen fühlte, als ich Sie zum ersten Male sah – er hat mich reichlich belohnt, meinen heißesten Wunsch erfüllt. Den lieben Gott, den Sie inbrünstig um Erleichterung in der Stunde der Entscheidung angefleht, hab auch ich um Hilfe angerufen – er hat uns erhört, er wußte, daß unsere Herzen einander würdig sind.. Danken wir ihm und Sie werden sehen, daß er uns seinen Segen nicht versagen wird. Lassen Sie sich daher diesen Schritt nicht zu schwer fallen, mein theures Wesen; glauben Sie an höhere Mächte, die alles zum Besten leiten – o daß Sie ins Innerste meines grübelnden Herzens sehen könnten, was ich in diesem Momente fühle. Was gäbe ich darum, Sie nur einen Augenblick zu sehen, um Ihnen persönlich meinen innigsten Dank abzustatten, um Ihnen sagen zu können: Mut, liebes Herz, ich rechtfertige Ihr Vertrauen bis zu meinem letzten Atemzuge. Sie haben sich keinem Unwürdigen zu eigen gegeben!

Sie sagen, ich bin stürmisch vorgegangen, doch – gibt es etwas Heiligeres als die reine Liebe, wenn sie zur Leidenschaft wird? Ihre Göttlichkeit flammt wie strahlende Religion zum Himmel auf. Jeder strebt das eigene Glück zu suchen, jeder sucht den Urquell eigener Lust; eigener Glückseligkeit; und wo fließt er? – In den heiligen Gründen, in der Tiefe der geliebten Brust! Können Sie daher mein stürmisches Verlangen entschuldigen?

Daß Sie gegen Männer mißtrauisch sind, ist ganz gerechtfertigt, doch gibt es nicht auch Ausnahmen? Genügt Ihnen mein heiligster Schwur, daß ich stets ehrlich vorgegangen bin und vorgehen werde? – Beruhigen Sie Ihr edles Herz, nur blasser Neid und Verleumdung können mir für einen Moment schaden. Seitens Ihrer lieben Mutter erwarte ich nicht viel Widerstand, auch sie wird mich lieben lernen, an Ihren Herrn Papa werde ich mich demnächst ergebenst wenden. Übermitteln Sie Ihren lieben Eltern meine ehrerbietigsten Grüße und sagen Sie Ihnen, daß ich ihr theures Kind aufrichtig und innig liebe, daß ich es glücklich machen will; und sind die Wege geebnet, so erhoffe ich zu Weihnachten ein frohes Wiedersehen, ein Erwärmen an Ihrem treuen Herzen, das jetzt so ferne von dem meinen schlägt. – Und nach den großen Ferien … werden Sie mit mir nach Gottschee ziehen?

Mit der innigen Bitte mir Ihr liebes Bild zu übersenden, vereinige ich noch einen süßen Wunsch – ich habe ja ein köstliches Anrecht dazu. Machen wir dem traulichen „Du" Platz. Nicht wahr, meine liebe, theure Emmi, Du erlaubst es?

> Die herzlichsten Grüße und Küsse von Deinem
> Dich ewig liebenden
> Franz

Gottschee, 7.10.93

Meine theure, innigstgeliebte Emmi!

Über das menschliche Herz sind liebliche Saiten gezogen, leicht von der Freude bewegt oder von zärtlichem Gram; aber sie alle zugleich nur erschüttert die heilige Liebe. Ihre Töne schmelzen in gewissen Momenten zu den wunderbarsten Accorden zusammen, doch – wer veranlaßt das liebliche Spiel?

Als ich gestern das letzte liebliche Bildchen an mich preßte, da tönten jene Saiten so stürmisch – und offen gestanden, ich schäme mich nicht zu beichten, Dein Bildchen benetzte eine heiße Thräne; eine Thräne der Rührung und unsäglicher Wonne; so ein treues Ergebensein Deinerseits wagte ich infolge unserer kurzen Bekanntschaft nicht zu hoffen. Und mit welchem Gefühl ich Dein „Du" aufnahm – erlaß mir den Dank, ich kann die gebührenden Worte nicht finden!

Entschuldige Dich nicht, meine liebe Emmi, betreff Deiner Bleistiftzüge. Deine Worte sind mir gleich theuer und heilig sind sie mittels Bleistift oder Tinte zu Papier gebracht, wozu das bureaukratische Geflimmer, wenn sich die Herzen verstehen? Wie passend lassen sich hier die Worte eines nordischen Dichters einflechten, der da sagt:

Die Liebe braucht ein Feld und einen Pflug
ein Fahnendach, das sie getreu verberge
ein Plätzchen zur Umarmung, weit genug
und einen Raum für zwei vereinte Särge.

Was macht Dein böser Daumen? Hoffentlich ist der Schaden bald wieder geheilt, wie sehr ich Dich bedaure!

Für Weihnachten schmiede ich jetzt schon Pläne, um los zu kommen. Mein Direktor ist mein ehemaliger Studienkollege, da hat er nicht den geringsten Anstand, leider mußte ich zu meiner größten Bestürzung vor einigen Tagen auch den Zeichenunterricht am hießigen Gymnasium übernehmen, doch ich erhoffe einen Urlaub und wenn alles glatt verläuft, so kann ich in zehn Wochen mein theures Liebchen umarmen und meine Pläne für die Zukunft schmieden – o freudenvolles Wiedersehen!

Darf ich es jetzt schon wagen an deine lieben Eltern heran zu treten, um Dich zu erbitten, oder soll dies zu Weihnachten mündlich geschehen? Nicht wahr, Du wirst mich mit Deinem treuen Herzen kräftig unterstützen, wenn ich diese Bitte vortragen werde?

Für deine aufrichtigen Glückwünsche zu meinem Namenstage den innigsten Dank! Ich habe ja nur den einen heißen Wunsch mich mit meiner heißgeliebten Emmi recht bald vereinigt zu sehen. Daß ich Deine aufrichtige Liebe, die mich so unsäglich glücklich macht, bis ins Grab genießen möge, dazu helfe mir der Allmächtige!

Willst Du der Frau Weininger meine besten Grüße übermitteln? Durch Ihre Vermittlung habe ich ja das treueste Herz gefunden, wie bin ich Deiner guten Tante dankbar!

Die herzlichsten Grüße und Küsse von Deinem
Dir ewig ergebenen
Franz

Gottschee, am 17. Oktober 93
p.s. Fotografie folgt mit dem nächsten Briefe

Meine innigstgeliebte Braut!

Wie danke ich Dir für Deine liebevollen Worte, für Dein unerschütterliches Vertrauen zu mir. Dir schlägt aber auch recht, theure Emmi, Dein gutes Herzchen und wird sich nicht täuschen an mir; bleibe mir immer so ergeben! Glaube mir, es ist eine Fügung des Himmels – gute Genien wirkten gleichzeitig auf uns ein, sie wußten, daß unsere Herzen zusammen gehören, daß sie einander würdig sind.

Gleichzeitig sende ich Dir mein Conterfei, es ist schlecht in der Technik, dafür aber sehr gut getroffen; nimm es hin und gedenke, daß das Original nur für Dich leben und sterben will. Ob Du mit Deinem Bild eine Freude bereitest! Wenigstens zwanzigmal den Tag betrachte ich Dein liebes Abbild, sogar im Hörsaal habe ich's verstohlen aus der Tasche genommen, um es zu besehen, es ist ja mein einziger Trost in weiter Ferne.

Du wirst unter den Gottscheer Frauen würdige und gute Freundinnen finden, viele haben Dein Bild gesehen und freuen sich recht herzlich auf Dein Kommen. Sei aber nicht böse, weil ich ausgeplaudert habe, ich konnte nicht anders – ich mußte mein seliges Glück in die Öffentlichkeit tragen. Man will schon seit längerer Zeit eine gewisse Zerstreutheit an mir bemerkt haben, man quälte mich – bis ich endlich mit der Sprache herausrückte. Das allgemeine Staunen in den bekannten Kreisen kannst Du Dir denken – mir dem schüchternen Bücherwurm, wie man mich scherzweise nannte, wollte niemand ein liebesbedürftiges Herz zumuten. Und wie glücklich bin ich jetzt – hab ich ja das selige Bewußtsein ein heißgeliebtes Wesen zu besitzen, das meine heiligen Gefühle erwidert.

Mein Leben ist ein sehr abwechslungsreiches: Früh um 7 Uhr sitze ich schon am Velociped und durchrase die Umgebung, dann gehe ich in den Lehrsaal; nachmittag wandere ich mit Pinsel und Farbe hinaus ins Freie und mache Naturstudien, abends von 8 Uhr an erteile ich dreimal wöchentlich Fechtunterricht, an den übrigen Tagen bin ich bei den Gesangsproben oder zu Hause. Für den Winter gestattest Du mir den Besuch der Eisbahn, nicht wahr? Tanzen oder ein Arrangement übernehmen werde ich selbstverständlich nicht mehr, wie könnte ich ohne meiner lieben Emmi Vergnügen daran finden! Morgen oder übermorgen kommen über zwanzig Bergleute aus Schwarzbach nach Gottschee; durch meine Vermittlung haben dieselben beim hiesigen Kohlenbergbau Arbeit gefunden.

Nun lebe wohl mein süßes Bräutchen, in sechs Wochen wird mir das Glück zuteil Dich zu sehen, ein freudiges Wiedersehen!

Die herzlichsten Grüße und Küsse
Von Deinem Dich ewig liebenden
Franz

Gottschee, am 27. Oktober 1893

Franz im Malerkittel

outdoor

Mugrau, den 1.11.93

Mein lieber, theurer Franz!

Nimm meinen herzlichen Dank für die Freude, die Du mir mit Deinem lieben Bilde bereitet hast, hin. Es ist mein Trost, wenn ich denke, daß wir gar so weit geschieden, und verkürzt mir die lange Wartezeit!

Es ist hier im Böhmerwalde schon recht herbstlich rauh u. die schöne Jahreszeit schon vorüber. Bei schönem Wetter war es meine Freude u. meine Zerstreuung einsam im Walde herum zu streichen, meinen Gedanken u. heißen Träumen nachzuhängen u. dabei immer wieder die Natur aufs neue zu bewundern. Ich bin eine große Verehrerin unseres schönen Böhmerwaldes u. ich freue mich schon unendlich, bis wir zusammen herumstreichen können! Gelt mein Franz! Ich lebe einsam für mich. Fühle mich am wohlsten dabei, da ich vielen (u. besonders hiesigen) Verkehr nicht liebe. Meine Reise nach Linz habe ich noch nicht angetreten u. werde auch vor dem Frühling kaum mehr dazu kommen, obwohl mich meine Freundin täglich erwartet. Möglich, daß ich, wenn noch schöne Tage kommen, auf einige nach Aigen gehe, wo ich Verwandten versprochen, zu kommen. Tante und Onkel in Olmütz werden böse sein, wenn ich ihnen schreibe, daß ich nicht komme über den Winter! Sie sind der felsenfesten Meinung, daß ich komme. Aber wie könnte ich, was würde mein Franz sagen, wenn ich zu Weihnachten in Olmütz wäre! Und erst ich!

Liebster Schatz, welche Frage, ob es mir recht, wenn Du die Eisbahn besuchst? Wie könnte es möglich sein, daß ich so engherzig Dir ein so unschuldiges Vergnügen zu mißgönnen! Liebster Franz, ich bitte Dich inständig, lege Dir meinetwegen keinen Zwang an; ich gönne Dir von Herzen jedes Vergnügen und es würde mich kränken, wenn Du meinetwillen etwas entbehren müßtest. Es gibt manchmal Gelegenhei-

31

ten, wo man nicht ausweichen kann und Deiner bin ich unter allen Umständen gewiß!

Hier habe ich wenig Gelegenheit Unterhaltungen mitzumachen und die sich Bietenden haben wenig Verlockendes für mich. Hie und da kann Vater ohne zu verstoßen nicht ausweichen (zu seinem Leidwesen!). Du kleine Plaudertasche, also geplaudert hast Du schon? Und mein Bild gar gezeigt? Ich schweige noch wie das Grab, ich will mein Glück in so […] der hiesigen Welt zeigen, das wird ebenfalls ein Staunen sein und wir werden glücklich sein, daß wir uns gefunden. Hat Dir nicht der Mond od. so manche eilende Wolke einen Gruß gebracht? Ich schicke ihn Dir; ebenso heute meine treuesten Grüße u. Küsse!

Deine Emmi

Ersterben der Natur

Der 1. Kuss per Post.

Meine theure, innigstgeliebte Emmi!

Vor allem muß ich Dir mitteilen, daß mir vor einigen Tagen
ohne Dein Wissen ein wertes Andenken aus Deiner Hand
übermittelt wurde; es sind einige Blumen, die Du meiner
Mutter gegeben – mein Bruder, der mich besuchte, hat mir
dieselben mitgebracht; eine selige Erinnerung an mein fernes
Liebchen.

Auch hier hat die Erde das herrlichste Kleid angezogen,
die Blätter fallen, und trübe Nebel umschleiern die erster-
bende Vegetation. Du hast Recht, mein gütiges Schätzchen,
es ist die günstigste Zeit, um süßen Träumen nachzuhängen. Das Ersterben der Natur ruft auch in meinem Herzen
die wundersamsten Empfindungen wach; das Herz, in dem
der Liebe Frühling seinen Einzug gehalten, pocht lebhafter
als je. Fortunas Zorn gebietet Hügeln und Ländern uns zu
trennen, doch traute Seelen, die sich innig lieben, trennt kein
Schicksal in Ewigkeiten. Auf Zephyrs Flügeln flattert der Liebe Gruß durch ferne Fluren, nach dem schönen Böhmerwald
trägt ihn des Herbstes Sturmwind, durch die dichten Nebel
bringt ihn ein lächelnder Friedensengel. Der Wind oder so
manche eilende Wolke sind gütige Vermittler, sie bringen
mir in Deinem Auftrage Deinen Gruß, und – meine liebe
Emmi schickt ihre treuen Küsse?

Endlich, mit dem fünften Briefe – na warte, Du geiziges
Geschöpfchen!

Besuche nur Deine lieben Verwandten, bis Weihnachten
haben wir ja noch eine Spanne Zeit, doch, wirst Du mir während Deiner Abwesenheit vom Elternhause Deine Adresse angeben und gleich schreiben? Nichtwahr, mein theures
Liebchen, Du wirst nicht grausam sein, wirst keine – Stauung
eintreten lassen, – Deine lieben Briefe erwarte ich ja immer
so sehnlichst! Zu Weihnachten bist Du aber gewiß zu Hause?
Gerade jetzt martere ich den Kalender, es sind noch viele,
viele grausame Stunden!

Bist Du ernstlich böse, weil ich ausgeplaudert habe? Nimm mirs nicht übel, ich konnte in meinem Glücke nicht anders handeln; laß mir wenigstens hier den Stolz, daß ich beim Vorweisen Deines lieben Briefes sagen darf: „Das ist mein kleiner Engel, der mir im Leben treu zur Seite stehen will, dem ich mein ganzes Sein opfere!" Also vergib mir, nur wenige Monate mehr und ich werde Dich ebenfalls in persona der Welt zeigen und sagen: „Das ist mein liebes treues Weibchen!"

Eine Nichte des Gymnasialdirektors Seiß in Olmütz, ein gewisses Frl. Myrenbach aus Villach ist seit sieben Wochen die Gattin meines besten Freundes, des Bez. Commissars in Gottschee; sie war im Jahre 91 durch sechs Jahre in Olmütz, kennst Du sie?

Neues kann ich Dir nicht viel mitteilen, über 100 Personen (Bergarbeiter mit Frauen und Kindern) aus Schwarzbach sind hier eingetroffen und haben die Arbeit im hiesigen Kohlenbergbau aufgenommen.

Noch etwas muß ich Dir mitteilen, vor einigen Tagen hat man mir eine hübsche Wohnung angetragen, knapp neben unserer Anstalt, so daß ich vom Lehrsaal hinein sehen kann, ist's recht so?
Zu deiner Vergnügungsreise wünsche ich Dir recht viel Glück, zerstreue Dich und denke recht oft an Deinen

Dich herzlich grüßenden und küssenden
Franz

Gottschee, am 7. November 1893

Mugrau, den 10.11.93

Innigstgeliebter Franz!

Herzlichen Dank für Deine lieben Zeilen, die mir wie immer die größte Freude bereiteten. Jeder Deiner lieben Briefe beweist mir immer mehr und mehr, welch edles, goldenes Herz Du besitzt und wie glücklich ich sein muß in dem Bewußtsein, dieses Herz schlägt so treu für mich! Eigentlich erwartete ich eine kleine Rüge von Dir, daß ich so lange nicht geschrieben, doch verzeih, Liebster, ohne meine Schuld u. zu meinem größten Ärger blieb der Brief einen ganzen Tag liegen. Überdies ist von uns aus die Postverbindung schlecht; schicke ich z.B. abends einen Brief nach Höritz, so geht er erst folgenden Tag mit dem Nachtzuge weg.

Du Guter, kein Wort des Tadels fand ich, nur Liebesworte, die mich beglückten. Die glücklichen Blumen, die zu Dir eilen durften u. ich muß so fern sein! Sie ahnten es nicht, als ich sie schickte, welche Ehren ihnen bevorständen! Es waren die letzten, die aufgeblüht, jetzt gibt es Eisblumen am Fenster.

Ja, der Winter hat Einzug gehalten, allen Ernstes mit Schnee, Kälte und Sturm und hat mich ins Zimmer gebannt! In Gottschee mag es wohl noch hübscher sein! Meine geplante Reise steht infolgedessen auch in Zweifel, es ist mir auch gleichgültig. Sollte ich dennoch von zu Hause wegfahren, was nur auf kurze Zeit geschähe, so werde ich Dir jedenfalls meine Adresse bekannt geben. Wie kannst Du nur zweifeln? „Thomas" [gemeint vermutlich „Ungläubiger Thomas"]

Hielte doch ich es nicht aus, wenn Du mir nicht schriebest. Ach Gott! Ich mag noch gar nicht zählen, Du hast Recht, es sind noch viele, viele grausame Stunden bis zu Weihnachten; wird meine Geduld so lange andauern?

Wie freue ich mich, dann soll alle Welt mein Glück erfahren. Glaubst Du, daß ich ernstlich böse sein könnte, daß Du geplaudert? Närrchen wie brächte ich das zustande? Ich bin ja stolz schon in Gottschee deine Braut zu heißen; und sind wir erst vereinigt, bin ich erst Deine Frau, dann sollst Du sehen, wie ich bemüht sein werde Dir aus allen meinen Kräften das Leben zu verschönern u. deine Hoffnungen wahr zu machen! Nicht durch Worte, durch die That will ich Dir meine Liebe beweisen.

Jene Dame, die Nichte des Herrn Dir. Seiß, welche Du erwähnt, kenne ich nicht, obwohl ich 1891 in Olmütz war, die Familie Seiß kenne ich aber sehr gut u. verkehrte, als ich heuer im Frühling dort war, oft mit ihnen. Damals jedoch kannte ich sie wenig noch, das mag auch der Grund sein, daß ich sie nicht kenne. Vielleicht kannte sie meine Tante, Dir. Holzinger von der Lehrerbildungsanstalt. Diese Woche macht mein ältester Bruder Adolf seine Lehrbefähigungsprüfung in Krems, wir warten schon mit Aufregung auf das Resultat. Möchte es ein günstiges sein! Lebe wohl mein Schatz u. sei 1000mal gegrüßt u. geküßt.

Von deiner treuen   Emmi

Meine theure, innigstgeliebte Emmi!

selig, wer geliebt und wertgeschätzt auf ungetrübter Bahn durch's Leben geht: In jedem Thun blüht ihm ein schönes Glück, und alles muß sich freundlich ihm gestalten. Dein Funke ist über der Zeit; er glimmt weder an der Freude, noch an der Rosenwange; er erlischt nicht, weder unter tausend Tränen, noch unter dem Sehnen des Alters, noch unter der Asche Deiner Geliebten. Er erlöscht nie; und Du, Allgütiger, wenn es keine ewige Liebe gäbe, so gäbe keine, ja gar keine! Gestern vor neun Wochen hatte ich das Glück meine süße Emmi kennen zu lernen, ihr aufrichtiges Gesichtchen, dieser untrügliche Spiegel der Seele flößte mir gleich im ersten Augenblicke Mut und Vertrauen ein; der Funke der Liebe, der in jedes Menschen Herz gelegt ist, loderte von diesem Momente an in meiner Brust zur hellen Flamme empor. Eine kurze, aber bange Zeit verrann und – Oberons Wagen trug zwei Liebende vom Genius behütet in das Land, das der Sympathie geweiht ist. Ich saß in diesem Wagen und ein liebliches Geschöpfchen schmiegte sich zärtlich an meine Brust und flüsterte mir treuherzig zu: Ich kenne deine Ehrlichkeit, darum will ich Deine heiligen Gefühle erwidern und Dir eine treue Begleiterin sein; Oberon weiß ganz gut, daß unsere Herzen auf ewig zusammengehören, darum hat er uns seinen Wagen zur Verfügung gestellt; siehst Du nicht, wie er uns beifällig zulächelt? Tiefste Rührung und höchste Wonne zugleich bemächtigen sich meiner bei diesen liebevollen Worten; ich fiel auf die Knie, um meiner holden Nachbarin zu danken. Plötzlich teilte sich der Wolkenflor, das silberhelle Licht der Sonne ergoß sich in den Wagen und meine süße Emmi – denn diese war meine Wagengefährtin – schloß mich huldvoll in ihre Arme.

Diese Einleitung ist meine Antwort auf Deinen ach so lieben Brief. Zähle mich nicht unter die Schwärmer der Gegenwart, denn meine Worte sind sorgfältig abgewogen und kommen aus reinem, aufrichtigen Herzen, aus einer Seele, die jede leere Phrase, einem engelguten Wesen gegenüber, wie Du es bist, als abscheuliche Sünde verdammt. Nimm nochmals meinen innigsten Dank entgegen und bleibe ewig meine treue, gute Emmi.

Vor einigen Tagen wurde mir ein Grabdenkmal für den hierortigen Friedhof übertragen und habe zu diesem Behufe in der Villa des Verstorbenen mein Atelier aufzuschlagen. Natürlich kann ich nur in meiner freien Zeit daran arbeiten. Meine ständige Gesellschaft bei dieser Arbeit sind zwei liebe Kindchen, die sich den Papa im Modelle betrachten und zuweilen die Witwe des Dahingeschiedenen, sich stets mit tränendem Auge abwendet. Auch in Gottschee ist es schon recht winterlich geworden, was mich aber durchaus nicht hindert die frische Luft zu genießen, mir macht es beinahe ein Vergnügen, wenn es recht wettert. Aber Du, armes Täubchen, bist auf Dein Zimmer gebannt; tröste Dich, den nächsten Winter werde ich meinem lieben Weibchen die Zeit schon vertreiben.

Wie konntest Du eine Rüge von mir erwarten, ich kenne meine Emmi viel zu gut und ich weiß, daß sie mich nicht absichtlich warten läßt; o diese lieben Briefe machen mich beinahe verrückt!

Theile mir mit, wie die Prüfung Deines lieben Bruders ausgefallen, ich als alter Schulmeister nehme herzlich Anteil daran. In fünf Wochen herzliches Wiedersehen.

Es grüßt und küßt Dich recht herzlich und aufrichtig
    Dein ewig getreuer
    Franz
Gottschee, am 13. November 1893

Gute Nacht, mein süßes Bräutchen, es ist 11 Uhr.

Mugrau, den 18.11.93

Mein lieber, theurer Franz

Es ist doch etwas Schönes um die wunderbare Einrichtung des Postwesens, wenigstens ich erkenne sie mit Dank an. Was würde wohl aus mir sein, wenn ich Diese lieben Briefe entbehren müßte, aus denen mir so viel beglückende beseligende Liebe entgegenweht! Sie sind meine Freude und mein Glück und ich frage mich oft, wachst oder träumst Du? Ist es wirklich wahr, daß es einen Menschen gibt, der Dich so sehr liebt?

Und dankbar blicke ich zum himmlischen Vater auf, der unsere Herzen so wunderbar lenkte; wahrlich, es ist eine Fügung des Himmels!

Wenn nur die Zeit schneller verginge und Weihnachten näher käme, es heißt halt Geduld üben!

Weißt Du, im Geiste weile ich doch immer bei Dir und denke an die schöne Zukunft, wo ich dann an Deiner Seite keine Sehnsucht, keine Langeweile mehr kenne.

Jetzt ist doch wieder schönes Wetter, der Schnee größtenteils weg, so daß ich wieder hinaus ins Freie kann.

Vor einigen Tagen war ich mit meiner Mutter in Budweis u. besuchte dort meinen Bruder Pepi, den Du kennst.

Bruder Adolf ist von der Prüfung zurück getreten, da ihm der Mut fehlte sie zu Ende zu führen. Die schriftliche hatte er bereits abgelegt u. es ging ihm gut, nur hatte er große Angst vor der mündlichen, da 81 Candidaten dazu waren. Als er bei der deutschen P. das Zeitwort declinieren sollte, fiel ihm in seiner großen Aufregung u. Angst kein einziges Zeitwort ein. Auf das hin trat er zurück. Mir ist nur um unsere guten Eltern leid, die so gern ein günstiges Resultat gesehen hätten; auch Adolf tut mir leid, da seine Angst doch zwecklos war und er im nächsten Mai dieselbe wieder durchmachen muß. Gebe Gott, daß es ihm dann gut geht, er hofft es bestimmt! Jetzt bist Du doch wohl mit dem erwähnten Grabmal beschäftigt, liebster Franz? Das muß traurig stimmen, wenn man immer an den Tod gemahnt wird, und doch leben möchte und glücklich sein. Wir wollen erst recht leben u. dem Leben erst seine schönen Seiten abgewinnen, nicht wahr, mein einzig geliebter Franz! Doch lebe wohl, der Platz geht zu Ende.

Sei innigst gegrüßt u. geküßt von
Deiner treuen Emmi

Brief von Emmi
an Franz

Meine theure, innigstgeliebte Emmi!

Gold, Ehre, Macht und Ruhm, ihr seid das Glück der Thoren.
Ihr seid nur kümmerlich aus Erdenstaub geboren!
das in der Brust hier lebt, kam aus dem Himmel nur;
das einzig wahre Glück – ich hab es ja in Dir.

Ja, nur in Dir, mein liebes Schätzchen, Du träumst nicht: es gibt einen Menschen, der Dich aufrichtig und innig mit jeder Faser des Herzens liebt und das ist einzig und allein Dein überglücklicher Franz; o könnte ich Dich nur recht bald von dieser heiligen Wahrheit überzeugen. Das Postwesen ist wirklich eine wunderbare Einrichtung, wunderbar im Dienste Amors, wenn zwei zusammengehörige Herzen im Raume getrennt sind. In dieser Beziehung habe ich Dir doch etwas voraus, mein gutes Schätzchen, denn ich hole mir deine lieben Briefe selbst, da wir die Post im Hause haben; bringe es aber trotzdem nie zustande mit einem Deiner Briefchen in mein Zimmer zu gelangen ohne es vorher einmal gelesen zu haben. In meinem Zimmer angelangt lese ich's halt wieder und wieder und nochmals, Triumpf! Auf Herbstes Dämmerung folgt milder Frühlingsschimmer, auf Trennung folgt Vereinigung – Vereinigung auf immer!

Deines Herrn Bruders wegen mache Dir keine Sorgen, auch deine guten Eltern nicht. Das Prüfungsfieber ist der größte Feind des Candidaten und wenn dieser noch so tüchtig ist; einige Wochen auf oder ab, die zweite Prüfung wird bestimmt glücken.

Die Nichte des Hr. Direktor Seiß habe ich noch nicht gesprochen, auch ihren Gemahl nicht, ist ein recht glückliches Ehepaar.

Das Grabmonument schreitet in seiner Entwicklung rasch vorwärts, doch an den Tod werde ich bei dieser Beschäftigung nicht gemahnt, vielmehr zu einem wonnigen Leben, wenn ich bedenke, daß mir in kurzer Zeit ein liebes, treues Weibchen zur Seite stehen wird. Ich könnte zuweilen laut aufjubeln vor Lust und Freude; Du hast recht, wir wollen dem Leben erst recht seine schönen Seiten abgewinnen.., Du wirst nicht mehr Langeweile haben, mein innigstgeliebtes (Weibchen) Bräutchen.

Noch 660 Stunden und mir ist es gegönnt Dich auf einige Tage zu sehen, mit Dir zu plaudern von Liebe und seligem Glück, von Zukunft und neuem Leben. –

Es grüßt und küßt Dich recht vielmals
Dein Dich ewig liebender Franz

Gottschee, am 22. November 93

Ausblick aus dem Fenster in
Gottschee

Im Dienste Amors

Mugrau, den 21.11.93

Mein lieber, guter Franz!

Ein Freudentag ist es jedesmal für mich, wenn der Bote ein Brieflein bringt mit deinen lieben Zügen! Ersehe ich doch aus demselben immer mehr und mehr, welch edlem, guten Mann ich mein Wort gegeben, welch treue, aufrichtige Liebe aus seinen Zeilen spricht, und ich bin dem unendlich glücklich der Stimme meines Herzens gefolgt zu haben. Trotzdem wir uns ja noch wenig kennen, so hat und habe ich unbedingtes Vertrauen zu Dir, mein lieber Franz; wem ich einmal vertraue, der besitzt mein ganzes unerschütterliches Vertrauen, und wen ich liebe, den liebe ich mit voller Hingebung. Dieser einzige Liebes- u. vertrauenswürdige Mann bist nur Du! Ich freue mich schon sehr auf Dein Bild. Es macht mich glücklich Dir mit meinem eine kleine Freude bereitet zu haben. Ach wäre Weihnachten schon da! Mache es nur möglich, so triftigen Gründen zur Urlaubserteilung kann unmöglich eine Gymnasi. od. sonstige Direktion ihr Ohr verschließen! – Ob Du meinen Eltern jetzt schreiben sollst od. zu Weihnachten mündlich Dein Anliegen vortragen willst, überlasse ich ganz Dir allein. Ihrer Zustimmung glaube ich sicher zu sein, sie werden auch ein Schreiben nicht übel aufnehmen. Wie aber immer es sei, meiner bist Du sicher, was ich versprochen, halte ich. Vor ein paar Tagen war Dein gutes Mütterchen bei uns, aber leider nur im Vorübergehen auf kurze Zeit. Sie versprach uns jedoch, bald auf einen ganzen Nachmittag zu kommen. Sie ist so gut Deine Mutter und ihr Franz ist ihr Alles! Auf sie bin ich nicht eifersüchtig!

Mein böser Daumen ist fast ganz geheilt, nur noch etwas ungeschickt. Ich erwähnte meiner lb. Mutter von Deiner projektierten Reise zu Weihnachten nichts, da ich nicht weiß, ob Du sie vielleicht überraschen willst u. ihr auch andrerseits Hoffnung machen wolltest u. sie eine Vermittlung nicht betreiben möge. Tante Meininger werde ich den Gruß bestellen, ich sah sie noch nicht. Adieu! Sei innigst umarmt u. gegrüßt von

    Deiner Braut   Emmi

Mugrau, den 27. Nov. 93

Mein lieber Schatz!

Wie, mich mit dem Bilde Deines Wohnpalais zu überraschen! Nun kann ich mir doch vergegenwärtigen, wo Du weilst u. wie das Plätzchen aussieht, wo mein Schatz, den mir das grausame Schicksal so weit entführte, seine lieben, beglückenden Briefe schreibt!

Gott sei Dank die Zeit, wo wir uns wiedersehen dürfen, rückt an, der darauf folgende leider unabweisbare Abschied schleicht sich auch mit ein u. macht mir schon jetzt das Herz schwer! Doch ist es nicht recht kindisch von mir vor dem Wiedersehen schon vom Abschied zu reden? Nein, weg mit den Gedanken, freuen wir uns aufs Wiedersehen u. dann auf ewige Vereinigung ohne Trennung! Du Beneidenswerter, hast die (Post) im Hause Heute! Ich muß warten bis abends, wenn auch der Brief vormittags ankommt. Denke Dir liebstes Herz, Deinen letzten Brief, der Samstag vorm. ankam, konnte ich erst Sonntag abends lesen! Das ging so zu: ich hatte in Krumau zu tun u. ging Samstag nach Höritz, wo ich bei meiner Tante übernachtete, um am nächsten Tag mit dem Frühzug nach Krumau zu fahren.

Als ich dort ankam, war der Bote mit den Postsachen bereits weg u. brachte Deinen lb. Brief nachhause, wo ich ihn erst bekam, als ich Sonntag abends heimkehrte. Ihr Herrn der Schöpfung seid doch überall, selbst vom Schicksal bevorzugt! Hier ist ernstlich Winter, doch wenn es nicht zu arg ist, gehe ich doch fast täglich hinaus ins Freie; ich kann die frische Luft nicht entbehren u. muß etwas Bewegung machen. Meist gehe ich bis Olschhof da habe ich Rindless stets vor Augen u. denke an Dich u. sende Dir unzählige Grüße; heute erkor ich Jupiter zum Liebesboten, daß er mich durch seinen hellen Schein geradezu aufforderte dazu. Sahst Du ihn auch? Ich hoffe, er machte seine Sache gut! Was denkst Du Dir, mein einziges Fränzchen, wenn ich Dir recht ungereimtes Zeug schreibe? Im Herzen ist doch wunderbare Harmonie

u. nur ein Gedanke beseelt mich, ich möchte Dich gerne so
glücklich machen, wie ich will, u. will Großes, Ganzes!
Doch genug heute es ist spät. Gute Nacht, mein Schatz!

Unzählige Grüße u. Küsse sendet Dir
Deine ewig treue Emmi

Mein gutes Fränzchen

Mein innigstgeliebter Franz!
Das Kleeblatt, das ich Dir anbei sende, fand ich dieser Tage; der erste vierblätterige Klee, den ich je fand! Er soll bekanntlich denen Glück bringen, denen man ihn schenkt, darum ist er für Dich bestimmt! Ich suchte ihn mit dem Wunsch für Dich einen zu finden u. deshalb erfüllte er sich! Wie stolz bin ich, mein Liebling, auf Dich, die Zeitungskritiken über Deine Arbeit haben mich ganz berauscht! Künstler sind Auserwählte der Götter, was ihre Hände schaffen, das können wir armen Erdenkinder nur bewundern. Nicht wahr, ich darf Dir einmal bei Deinen Arbeiten zusehen und an Deiner Seite das Werden Deiner Kunstwerke bewundern.

Wirst Du mir den Tag Deiner Ankunft noch bestimmt schreiben? Wenn Du doch den 21. schon wegreisen könntest! Wie werde ich die Stunden, die Minuten zählen, bis ich Dir an das treue Herz fliegen kann! Komme nur recht bald zu Deiner Emmi! Wo wirst Du absteigen in Geratschlag od. Schwarzbach?

Samstag den 9. kommt Bruder Franz von Wien nachhause. Er ist Universitätshörer u. hat einen ganzen Monat Ferien, was ihm natürlich nur lieb ist. Er hatte ohnedies heuer noch keine Ferien, da er sein Freiwilligenjahr absolvierte. Ich hoffe, daß die beiden anderen Brüder ebenfalls auf Weihnachten nachhause kommen, u. daß wir so vereint uns freuen können. Welch schöner Christbaum wird das heuer sein und ich bin heuer Christkindchens Protegee. – Ich bin mit Weihnachtsarbeiten sehr beschäftigt, dabei verfliegt die Zeit sehr schnell.

Deine liebe Mutter hab ich schon recht lange nicht gesehen, ich hoffe, daß sie wohlauf ist. Wie wird sie sich schon freuen auf ihren Herzenssohn! Zu Weihnachten wollen wir gemeinsam Deine Angehörigen besuchen, nicht wahr, theurer Schatz? Bis dahin lebe wohl u. sei im Gedanken manchmal hier! Sei innigst umarmt u. unzählige Male geküßt von
Deiner Dich treu liebenden Emmi
Auf Wiedersehen!!

Weihnachtliche Vorfreude

Mugrau, den 11.12.1893

Mein innigstgeliebter Franz!

Des Lebens ungetrübte Freude
Wird keinem Menschen zu teil!

Dass man doch nie eine Freude vollkommen genießen kann!
So sehr ich mich schon die ganze Zeit auf die schöne Weih-
nachtszeit gefreut u. mit jeder Faser meines Herzens sie her-
beigesehnt habe, da sie mir ja meinen Franz bringen soll,
meine Freude soll getrübt sein.
Heiße Tränen vergoß ich, als ich Deinem lieben Brief ent-
nahm, daß ich Dich am Christabend missen soll. Gerade beim
Christbaum am Weihnachtsabend, diesem schönsten Feste im
Jahr, sieht man seine Lieben alle vereint u. ich soll den Liebsten, den ich auf der Welt habe, nicht an meiner Seite sehen!
Ich hatte es mir im Geiste schon unzählige Male verge-
genwärtigt, wie glückselig ich, meinen heißen Wunsch, vom
Himmel erfüllt, mit Dir beim Weihnachtsbaum stehen würde! Doch genug, ich darf nicht weiter denken, sonst bricht
mir das Herz! Warum?! –
Erst wenn ich in Deinen Armen ruhen kann, werde ich
glücklich sein u. alles Leid vergessen. Weißt Du, daß ich auf
Deinen Direktor recht böse bin!
Meine ganze Freude ist nun getrübt u. ich werde sehr
traurig beim Christbaum sein, wenn ich denken werde, wo
wird jetzt mein Franz sein, vielleicht im langweiligen Coupe
auf der Reise, oder in einem fremden Gasthofe? Wird er an
seine traurige Emmi denken? Bist Du aber hier, mein liebster Schatz, dann mußt Du mir alleine gehören, ganz mir allein! Gottlob daß Du doch noch über Neujahr hier bleibst,
weißt Du, ich getraue mir nie, Dich zu fragen, weil ich eine
schmerzliche Antwort fürchte, z.B. zu Neujahr muß ich in
Gottschee sein!

52

Ach nur ein paar Tage dürfen wir glücklich sein u. uns täglich sehen, dann fordert das grausame Schicksal wieder Trennung auf lange, wie werde ich dann wieder einsam sein! Doch ich werde fleißig sein u. an der Ausstattung unseres künftigen Heimes eifrig arbeiten, daß wir es recht bald beziehen können unser Nestchen.

Du hast Recht, Schatz, dem Kleeblatt zu glauben, das spricht, es soll eine Stätte seligen Glücks sein; was in meinen Kräften steht, will ich tun, um es stets vom Sonnenschein des Glücks zu umgeben.

Lebe wohl, bald schlägt die selige Stunde des Wiedersehens! Sei bis dahin tausendmal herzlich gegrüßt u. geküßt von

    Deiner
    Dich ewig liebenden
    Emmi

Meine theure, innigstgeliebte Emmi!

Im Arm der Liebe rein und hold
Verschwindet Schmerz und Traurigkeit.

Tröste Dich daher mein süßes Liebchen, nach getrübter Freude wollen wir unser Glück mit Herzenslust in vollen Zügen einsaugen und nächstes Jahr am Christabende werden wir unser gemeinsames Heim mit einem Christbaume schmücken, dessen Lichterstrahl auf ein glücklich vereintes Paar fallen wird. Alle Hoffnung, Dich heuer noch beim Christbaume begrüßen zu können, gebe ich noch nicht auf, gestern wurden infolge einer in Gottschee herrschenden Kinderkrankheit die Volksschulen geschlossen, es ist daher möglich, daß auch in den anderen Unterrichtsanstalten noch vor Beginn der Weihnachtsferien der Unterreicht eingestellt wird. Ist dies nicht der Fall, so muß ich leider bis zum Schließen bleiben und einstweilen den Unterricht leiten, weil mein Direktor in einigen Tagen nach Wien fahren muß, dienstliche Angelegenheiten beim Unterrichtsministerium zwingen ihn. Wie freue ich mich auf dieses selige Wiedersehen! Ja, ganz Dir allein will ich gehören, ich bin ja so überglücklich in Deiner reinen Liebe, wer feiert heuer wohl schönere Weihnachten als ich? Es gibt keinen glücklicheren Menschen in der Welt!

Trete ich meine Reise erst am 23. an, so fahre ich um 6 Uhr abends hier ab und lange in der Christnacht um 1 Uhr in Budweis an; mit fieberhafter Ungeduld werde ich die sechste Morgenstunde erwarten, um nach Schwarzbach weiter fahren zu können. Wie wird mein Herz pochen, wenn ich vom Olschhof aus die Fenster sehen werde, die mein liebes Kleinod bergen; ich werde Dir vom Coupe aus schon einen Kuss hinaus senden, wirst Du ihn erwidern? Und zwei Stunden später – ist es mir gegönnt an Deinem treuen Herzen zu ruhen; geliebte Emmi, Du hast mich namenlos glücklich gemacht! Schreibe vor Weihnachten nicht mehr, ich weiß nicht bestimmt, ob mich deine Zeilen noch in Gottschee antreffen werden. Ich werde Dir jedenfalls noch mitteilen, wann ich komme. Nun lebe wohl mein einzig geliebtes Bräutchen, mein Herz schlägt Dir in Sehnsucht entgegen – nur noch eine schrecklich lange Woche! –

Sei recht herzlich gegrüßt und geküßt von Deinem Dich ewig liebenden

Franz

Gottschee, 12. Dezember 1893

Kein gemeinsamer HI.
Abend?

Meine theure, innigstgeliebte Emmi!

Unsere Anstalt wurde heute von der Sanitätskommission ge-
sperrt, Donnerstag um ½ 11 Uhr bin ich in Schwarzbach.
Erlaß mir jede weitere Mitteilung. Die Freude, einige Tage
bei meiner Liebsten auf der Welt zu weilen, regt mich zu sehr
auf.

    Es grüßt und küßt Dich tausendmal
    Dein Dich ewig liebender
    Franz

Gottschee, 18.12.93

Meine theure, innigstgeliebte Emmi!

Wie könnte ich deinen liebevollen Worten nicht Glauben schenken, mein kleiner Engel! Du weißt ja, wie sehr ich Dir ergeben bin, wie heilig mir ein jedes Deiner Worte ist. Der Vorläufer des schönen Osterfestes ist da – noch 36 Tage von heute ab und – ich darf meine holdes Christkindl wieder umarmen, o glückliche Zukunft! Zu Weihnachten, als ich Dich das erstemal besuchte, betrat ich mit einer ängstlichen Scheu Dein Vaterhaus, ich durfte meine Gefühle noch nicht zur Schau tragen; nun sind alle Wege geebnet, Deine lieben Angehörigen haben mich als Sohn und Bruder aufgenommen, jetzt darf ich an Dein treues Herz fliegen. Bist Du böse, weil ich Folakovsky's Fotografie nicht schickte? Es ist besser so, Fräulein Brosch würde mir wenig Dank wissen; Folakovsky verdient sie nicht. Adolf hat mir noch nicht geantwortet, was mich auch nicht wundert; er hat kaum einen neuen Posten angetreten und muß sich erst in die Verhältnisse einweihen. Franz hat mir vorgestern geschrieben, der glückliche Mann hat längere Osterferien als ich. Es ist nicht ausgeschlossen, daß ich ihn vor Ostern einmal in Wien überrasche, da ich betreff des bewußten Grabmales nach Wien fahren werde, woselbst dasselbe in Bronze gegossen wird; ob und wann ich reise, weiß ich noch nicht. Der Typhus hat in Gottschee nachgelassen, er hat viele Opfer gefordert; die böse Influenza aber will nicht weichen. Meinetwegen darfst Du nicht in Sorge sein; ich schone meine Gesundheit, wenn dies nur bei meinem lieben Christkind auch der Fall wäre! Nächsten Sonntag (11/2) fahre ich nach Laibach zum Gauturntag, ich bin Dir dann einige Meilen näher und werde unausgesetzt an Dich denken. O liebe Emmi, warum bist Du so ferne? Hast Du also diese abscheuliche Fotografie richtig erwischt? Die Langenbrucker waren unvorsichtig genug sie Dir zu zeigen. Lebe wohl, mein theures Kleinod, grüße mir die lieben Eltern, Großmutter und Pepi, wenn er noch zu Hause weilt.

Es umarmt und küßt Dich tausendmal Dein

Dich innigliebender Franz

Gottschee, 29.1.94

Mugrau, 25.1.1894

Innigstgeliebter Franz!

Nun bin ich schon stark im Rückstande mit meinem Schreiben, schon 2 liebe, liebe Briefe von Dir habe ich schon, auf die ich die Antwort schulde! Nun will ich das Versäumte nachholen. Deine treuen, lieben Worte haben mir wieder Mut und Trost eingeflößt! Du hast Recht, das viele Denken strengt an, ich bin so dumm und spekuliere fortwährend und eine ganz unschuldig gemeinte Bemerkung kann mich fast krank vor Aufregung machen. Nachträglich sehe ich ein, welch Kind ich bin und mache mir Vorwürfe!

Frage mich nicht, was mich aufregt, schreiben konnte ich es ja nicht. Es ist keine Bemerkung von Dir. An Dich, mein innigstgeliebter Franz glaube ich fest und unerschütterlich u. ich werde erst ganz glücklich sein, wenn ich immer [...] von Dir sein darf. Wie bin ich dem Himmel für seine Fügungen dankbar.

Besten Dank für die schönen Fotografien, nun kann ich mir doch eine Vorstellung von meinem künftigen Heim machen, von dem Fleck Erde, wo mein Franz weilt. Ist vielleicht in dem Hause gegenüber der Fachschule die Wohnung, von der Du erwähnst? Das wäre ein schönes Plätzchen. Ich freu mich schon so auf unser künftiges Nestchen, wie wollen wir es uns behaglich und nett einrichten u. dort hausen. Sind alle Gottscheer Mädchen so hübsch wie die auf dem Bilde?

Gottlob, daß Du Liebster deines Samariterdienstes enthoben bist! Hoffentlich hat sich der allgemeine Gesundheitszustand in Gottschee gebessert! Großmutter ist bereits wohlauf, sie schonte sich einige Tage und blieb im Bett, da konnte ihr die Influenza nicht an.

Habt Ihr die Inspection schon vorüber, das Warten ist gewiß unangenehm! Hat Dir Bruder Adolf schon geschrieben? Wir erwarten schon täglich einen Brief von ihm, wie [...]

Sei im Geiste unzähligemale umarmt u. geküßt von

    Deiner Dich liebenden

    Emmi

Aus dem Familienleben

M., 14.2.94

Mein lieber, guter Franz!

Schon gestern wollte ich Dir schreiben, da kam mir aber ein recht lieber Besuch dazwischen, nämlich Dein gutes Mütterlein. Da ist es wohl zu verzeihen, wenn ich heute erst schreibe, nicht wahr? Sie ist so gut u. lieb u. ich verehre u. liebe sie aufrichtig wie meine zweite Mutter. [...] Durch sie erfuhr ich auch, daß deinem Bruder ein kleiner Unfall zugestoßen sei mit dem Finger, ich bedaure ihn aufrichtig. Bitte Grüße ihn von mir unbekannterweise.

Gestern Abend reiste Pepi ab, er kam unerwartet schon Freitagabends. Sein Zeugnis fiel gut aus. Für's nächste Semester versprach er mir ein Vorzugszeugnis.

Deine lieben Zeilen aus Laibach erhielt ich gestern, wie lieb von Dir, daß Du doch trotz vieler Anstrengung noch Zeit fandest mir zu schreiben. Du weißt, wie glücklich mich immer deine lieben Briefe machen! Vater weilt seit Sonntagabend in Budweis, wo er den Schwurgerichtsverhandlungen beiwohnen muss, da er als Geschworener ausgelost wurde. Er wird erst morgen od. übermorgen zurückkehren.

Wie wird Franz überrascht sein, wenn Du ihn einmal besuchst, ich schreibe ihm nichts davon, damit seine Freude eine Größere sei. Stürmt es in Gottschee auch so fürchterlich wie hier seit fast II [?] Tagen? Das Wetter ist abscheulich und bannt mich ins Zimmer, heute haben wir Schnee, bis jetzt regnete es. In Folge dessen herrschen hier viele Kinderkrankheiten. Bei mir im Hause starb von [...] Fuchs ein elfjähriger Knabe nach kaum 3-tägiger Krankheit von Scharlach. Vier Andere waren ebenfalls schon an Scharlach erkrankt, jetzt bereits besser.

Du fragt mich, lieber Franz, ob ich [...] daß Du nicht die Fotografie von GF geschickt im Gegenteil, ernste Absichten waren ja doch vorderhand nicht, mehr weibliche Neugierde; Luise meinte [...], Luise ist ein liebes, braves u. dabei ein sehr

häusliches Mädchen, es wäre mir leid um sie, daß sie nicht
einen braven Mann einmal bekäme, wie sie ihn verdient.
Wie kannst Du nur die Fotografie (von Dir) abscheulich nennen? Ich habe eine solche Freude damit.

Von Mutter, Großmutter und Papa soll ich Dir die herzlichsten Grüße melden, ebenso von deinem Christkindl, das
noch viele Küsse hinzufügt. Hoffend, daß Sie in Wohlbehalten in Gottschee ankommen, bleibe ich in ewiger, treuer Liebe

Deine
Emmi

Mein theures, innigstgeliebtes Bräutchen!

Bald folge ich den Rosen nach, nur noch einige Tage – etwas mehr als eine Woche. Der Himmel ist doch barmherzig! Meine Aufregung wächst Tag für Tag. Um die selbe einigermaßen zu bemeistern, fange ich jetzt schon an meine Sachen einzupacken, bin aber derart zerstreut dabei, daß ich alles verkehrt mache. Am 10. schließen wir den Unterricht, kann aber nicht garantieren, ob ich noch früher komme, weil der Theoretische Unterricht in einer Woche eingestellt wird. Ich kann daher heute keine bestimmte Auskunft bezüglich meiner Anreise geben, nur so viel ist gewiss, daß ich mir nicht Zeit nehmen werde die Türe hinter mir zu schließen, sobald die lang ersehnte Stunde schlägt. Oh seeliger Moment der Wiedersehung. Du hast keine Ahnung, theures Emmerl, wie mein Herz zittert. Das Bewusstsein nicht mehr von Dir scheiden zu dürfen hebt mich in höhere Regionen empor, ich könnte rasend werden. Wenn es halbwegs angeht, so melde ich Dir meine Ankunft und fahre direkt nach Langenbruck; wenn nicht, so musst Du Dich auf eine Überraschung gefasst machen. Ich kann Dir nicht helfen, mein kleiner Liebling. Gleichzeitig mit Deinem lieben Brief kam auch ein Schreiben von Franz mit Grüßen mit schwerer Menge von Dir; innigsten Dank dafür, liebes Emmerl! Du hast dem armen Franz ordentlich den Text gelesen, er verspricht, daß er künftig hin alle Grüße [?] weiterbefördern wird, damit er von Mugrau kein Donnerwetter mehr zu hören bekommt. Nur noch kurze Zeit und wir vermitteln unsere Grüße direkt persönlich. Diese Umwege lassen den Raum, welcher uns trennt, noch weiter erscheinen als er ist. Unsere Wohnung ist bis 15. August, längstens 1. September beziehbar, der Slowene zieht Ende Juli weg.

Nun muss ich Dich aber entschieden bitten, daß Du künftig hin deine Wünsche energischer zur Kenntnis bringst, mein süßes Bräutchen weiß ja, daß ich überaus glücklich bin, wenn ich ihm einen Wunsch erfüllen kann und darf. Du tust ja, als ob ich der neu gewählte Präsident von Frankreich wäre. [...]

G., 29.2.94

Zurück nach Gottschee

Meine theure, innigstgeliebte Emmi!

Heute 9 1/2 Uhr erreichte ich mein Reiseziel, gesund und wohlbehalten langte ich in Gottschee an.

Das herrlichste Frühlingswetter begrüßte mich am heutigen Morgen, alte Freunde und Bekannte, die mich beim Bahnhof erwarteten, drückten mir die Hand; doch ich blickte gleichgültig vor mir hin, wie ein von aller Welt Verlassener taumelte ich in mein Zimmer. Auf meinem Tische stand Dein liebes Bild – inniglich küßte ich es – ich murmelte ein heißes Dankgebet zu demjenigen, der mir das geliebte Original in den Weg führte. – Im Geiste durchlebte ich nochmals die Osterferien – die schönsten meines Lebens. – Eine innere Stimme flüsterte: raffe Dich auf, in einigen Wochen fröhliches Wiedersehen ohne Trennung; Christkindchen liebt Dich wahr und innig …

Während der Reise war ich größtenteils allein, allein mit meinem Schmerz; nicht einmal der Schlaf wollte sich meiner erbarmen. Wenn nur schon einige Tage vorüber wären! Du hast keine Ahnung, meine gute Emmi, wie ich leide, jede Krankheit würde ich leichter ertragen; ich glaube immer, ich muß Dich irgendwo sehen, muß Deine liebe Stimme hören. Du hast recht, ich werde zu Pfingsten nicht kommen, nur fürchte ich, daß mich im entscheidenden Momente der Vorsatz im Stiche läßt, daß ich doch wieder an Deine treue Brust eile, um nach kurzen Freuden neuerdings in die traurige Abgeschiedenheit zurückzukehren. Noch 14400 Minuten bis zu den Ferien – ein langer, langer Zeitraum! Wie geht es Dir, mein herziges Olschblümchen, sind die Lippen schon geheilt? Ich habe leider nichts davon bekommen. Geh nur fleißig ins Freie, aber verkühl Dich nicht, ich bitte Dich. Jetzt ist es wohl sehr einsam in Deinem Heim, Bruder Franz wird hoffentlich noch längere Zeit bleiben?
Lebe wohl, mein süßes Bräutchen, laß Dich im Geiste tausendmal umarmen und küssen von Deinem Dich ewig liebenden
Franz
Gottschee, 28.3.94

Pfingsten kommt bald

Meine theure, innigstgeliebte Emmi!

Heute in der Nacht umgaukelten mich die lieblichsten Träume – ich sah Dein Gesichtchen und unterhielt mich mit Dir. Oh trauriges Erwachen, alles Lug und Trug! Indem ich Dir einige Zeilen schreibe, hoffe ich mein Gemüt zu erleichtern, vielleicht werde ich ruhiger.

Je näher die Pfingstfeiertage heranrücken, desto schwerer wird mir das Herz. Als ich heute erwachte, faßte ich den festen Entschluß in den Pfingstferien zu Dir zu eilen um einige Augenblicke an Deiner treuen Brust zu ruhen. Leider im günstigsten Falle könnte ich nur zwei Tage bei Dir weilen. Das traurige Gesichtchen, das Du mir beim Abschiede zeigen würdest, hätte ich lange, lange Zeit vor meinem geistigen Auge – all meine Ruhe wäre erst recht in die Schanze geschlagen; versuche Du es, meine liebes, gutes Emmerl, mich von meinem Vorhaben abzubringen. Dir wird es gelingen und ich werde mich in Geduld ergeben. Verzeihe, nicht Zudringlichkeit, sondern reine, heilige Liebe ist es, die mich so ungestüm zu Dir hinzieht, mir kommt es vor, ich kann die Feiertage nicht überleben ohne Dich zu sehen, wenn auch nur auf Augenblicke.

Was glaubst Du liebes Christkindchen, waren je zwei Herzen in heiliger Liebe verkettet, wie dies bei uns der Fall ist? Ich für meinen Teil, glaube nicht; dafür wird uns aber auch der Himmel, der alles so gefügt, seinen Segen geben, ich bin fest überzeugt davon. Nicht wahr, mein heiß geliebtes Emmerl?

Die großen Ferien beginnen für uns nicht am 15., sondern am 7. Juli, vielleicht noch früher, weil die Adaptierungsarbeiten, die während der Ferien vorgenommen werden, sehr viel Zeit in Anspruch nehmen.

Gott sei Dank, noch zwei Monate und ich habe ausgelitten! […]

Gottschee, den 30.3.94

Trübe Gedanken

Mugrau, den 7.4.94

Innigstgeliebter Franz!

Was hast Du mir für einen Schrecken eingejagt, mein lieber Franz, durch die Nachricht Deiner Erkrankung. Wie leicht hätte es schlimm ausfallen können – ich darf gar nicht darüber nachdenken! Du wärst eigentlich zum Ausschelten, hast beim Malen den Pinsel in den Mund genommen? Gottlob, daß Du wieder gesund u. hergestellt bist, bitte schreibe mir aufrichtig, ob Du schon vollkommen gesund bist u. das Gift keine Folgen hinterließ!

Nun bin ich in einer beständigen Angst um Dich; jeden Tag vor dem Einschlafen u. morgens empfehle ich Dich in den Schutz der Muttergottes und besonders in der letzten Zeit tat ich das mit einer unbestimmten Angst. Ich bin überhaupt in einem schrecklichen Gemütszustande, ich sehne mich so namenlos nach Dir, mein Herzensfranz, so schrecklich bange ist mir, ich muß nur immer weinen u. im einsamen Wald laut aufschreien vor Leid! Ich weiß nicht, was ich wünschen soll – so gerne, so unendlich gerne möchte ich Dich bald sehen, aber Dich fortlassen von mir, hinaus in die weite Welt – ich glaube, ich kann es nicht überstehen u. bis zu den Ferien warten, es ist noch schrecklich lange dahin!

Seit Sonntag dem 15. ist nun Franz auch fort, es ist wie ausgestorben bei uns. Er ließ mich trüben Gedanken nicht nachhängen und zog mich hinaus ins Freie; er war mir wirklich oft ein liebevoller Tröster.

Nun bin ich einsam und verlassen, ist das die selige, schöne Brautzeit? Doch die kommt ja erst, außer den Weihnachts= u. Osterferien muß ich meinen lieben, guten Franz unter fremden Menschen lassen, denen ich seine Gegenwart nicht gönne (so egoistisch u. neidisch bin ich nun schon geworden).

Wären Deine lieben Briefe, die ich immer sehnlichst erwarte, nicht, ich weiß nicht, was aus mir schon wäre.

Doch verzeihe, mein lieber Schatz, daß ich Dich heute mit meinen trüben Gedanken so quäle, es ist nicht schön von mir, aber ein lustiger Brief würde heute schlecht ausfallen u. mir ist leichter, wenn ich Dir mein Herz ausschütten kann, also verzeihe mir.

Von den Eltern und Großmutter die besten Grüße! Was dachtest Du bei der Karte aus Krummau mit den diversen Randglossen, von jedem eine? Wir waren gerade beim Speisen bei der Stadt Wien u. guter Laune. Adolf erhielt auch eine. Wir gingen von[…] nach Krummau zu Fuß, Luise, Franz u. ich.

[…]   … Emmi

Meine theure, innigstgeliebte Emmi!

Die Feiertage sind vorüber, im süßen Vorgefühl des baldigen Wiedersehens für immer senkte sich stiller Friede auf mein Herz; da trafen Deine wehmütigen Zeilen ein. Sehr schnell flog der langersehnte, partielle Friede wieder dahin, um einer Chuzpe schmerzlicher Qual und peinlicher Sorge Platz zu machen.

Was ist Dir nur, mein kleines, süßes Wesen, warum dieser Anfall von Schwermut und Gram? Du ahnst nicht, wie mein gequältes Herz blutete, als ich Deine lieben Zeilen las, wie ich fast geistesabwesend im Zimmer ab und auf rannte. Sei einmal stark, mein heißgeliebtes, gutes Mädchen und stürme nicht mehr, die Tage sind ja gezählt; die furchtbare Angst, Du könntest Dir eine Krankheit zuziehen, peinigt mich unaufhörlich, da Gemütskrankheiten zu den gefährlichsten Erscheinungen gehören. Ich bitte Dich aber recht inständig, mein liebes, theures Emmerl, nimm diese furchtbare Sorge von mir, heitere Dich auf und denke nur mehr an das baldige Wiedersehen, dieses von Liebe erfundene Lebenswort – das Wort, welches von Gott zur holden Trösterin geweiht, wenn uns des Herzens Seufzer drücken.

Erlaube Deinem Franz eine Frage, er ist überzeugt, daß Christkindchen recht offen antworten wird: Ist wirklich kein Tratsch im Spiele, der zu Deiner Aufregung beitragen könnte? Nicht wahr, liebes Emmerl, Du würdest Dich nicht beeinflussen lassen, wenn dies der Fall wäre, Du bist ja überzeugt, daß Dir Dein Franz in reiner, aufrichtiger Liebe ergeben ist. Verzeihe, daß ich diese Frage stelle, Deine lieben Zeilen machten mich auf das Wort „Tratsch" aufmerksam.

Also nochmals bitte ich Dich, mein theures Bräutchen, fasse Dich und sei munter, nur noch einige Tage und ich ruhe an Deinem treuen Busen, um nie mehr von Dir zu gehen; dieser Gedanke allein vermag es mich aufzurichten, wenn ich recht traurig bin. Komm im Geiste in meine Arme und laß Dir in innigster, reinster Liebe zuflüstern: Mut und Geduld, mein süßes Täubchen, ich komme bald, recht bald zu Dir und kehre nicht wieder zurück in die abscheuliche Ferne.

Tausend herzliche Küsse sendet Dir Dein Dich innigliebender, geängstigter Franz

Lebe wohl, mein Christkindchen!
Gottschee, 16.4.94

O Wiedersehen! Lieblich wie Sonnenschein
Nach Regen schön und freundlich wie Abendrot
Erwünscht wie Morgensonnen, Vorgeschmack
Ewiger Freuden nach letzter Trennung!

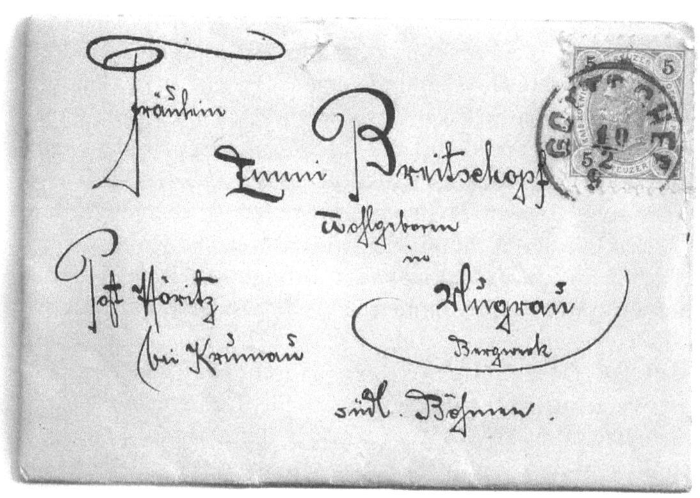

Brief von Franz
an Emmi

Mein liebes, gutes Christkindchen!
Deine gütige Nachricht hat mich sehr überrascht – also ein Schestauer bin ich geworden? Mir ist dieses Dorf bekannt, mein Vater unterhandelte schon vor einigen Jahren mit Hr. Meyer (Besitzer) aus Krummau. Nun kann ich in den Ferien erst recht bei Dir sein, mein liebes Emmerl, die Eisenbahnzüge verkehren zu günstigen Tageszeiten. Bei schönem Wetter ist dies ein herrlicher Spaziergang; oder glaubst Du die größere Entfernung würde mich abhalten Dich zu besuchen? Da hast Du Dich einmal gehörig geschnitten, mein Schätzchen. Nur die Nacht werde ich in Schestau zubringen. Zur größeren Bequemlichkeit bringe ich in den Ferien noch ein Fahrrad mit, das mich in 20 Minuten nach Mugrau trägt; Deine Befürchtung ist also ganz überflüssig, bin ich so überglücklich Dich zu besitzen, wie könnte ich nur eine Minute unausgenützt lassen, in der ich bei meinem Liebsten auf der Welt weilen darf.

Meine Schwester habe ich schon 3 Jahre nicht gesehen und freue mich aufrichtig sie in den Ferien begrüßen zu können. Meine Gesundheit ist längst zurückgekehrt, bist besorgt um mich, mein liebes Bräutchen, verzeihe, daß ich Dir einen Schrecken eingejagt habe, die ganze Krankheit war ja nicht der Rede wert; übrigens war ich selbst Schuld daran, warum habe ich den Pinsel in den Mund genommen. Eine Wohnung habe ich aufgenommen, sie wird im August frei; 3 Zimmer im 1. Stock in unmittelbarer Nähe des Hauptplatzes, 12 Schritte von der Kirche entfernt. Das zukünftige Heim für mein einziggeliebtes Emmerl – für mein theures Weibchen. Besten Dank für Deine gütige Mitteilung, meine Eltern haben mir noch gar nichts davon geschrieben, auch bezüglich meiner Schwester nicht. Nun lebe wohl, mein liebes Christkindchen, wenn zu den Feiertagen Dein Franz kommt, so nimm ihn wieder liebevoll auf, wenn er auch aus einer anderen Himmelsgegend zu Dir eilt – an Deine treue Brust fliegt.
Tausend herzliche Küsse und Grüße
von deinem Dich liebenden Franz
Gottschee, 21.4.94

3 oder 4 Zimmer?

Mugrau, den 30.4. 94

Innigstgeliebter, guter Franz!

Ja, zu einem Schestauer bist Du nun geworden, mein Schatz, es freut mich, daß Du selbst Dir diesen Namen beigelegt. Bruder Franz nannte mich gleich auch in jedem Briefe „die Schestauerin", nun freut mich dieser Name.

Denke Dir nur, gar nichts sieht u. erfährt man von Schestau. Aber ein einziges Mal war der liebe Vater hier. Gestern er-fuhr Resi in Höritz durch Zufall, daß Deine liebe Schwester bereits hier sei, von den lb. Eltern od. Brüdern konnte sie nichts erspähen. Wir haben schon einige Tage abscheuliches Regenwetter, ich wäre sonst selbst nach Höritz gegangen. Mütterchen versprach mir mit der lb. Schwägerin recht bald zu kommen, also hoffe ich von Tag zu Tag.

Daß sie Dir nicht schreiben, darf Dich nicht wundern, wie Du richtig vermutest, haben sie […]. Sie hat eine solch große Freude damit, Du hättest ihr keine größere machen können. Das Bild ist aber auch so vorzüglich, die Ähnlichkeit so frap-pant, ich habe noch kein so wohlgetroffenes Bild der lieben Eltern gesehen. Vater war auch ganz entzückt u. spricht Dir ebenfalls seine vollste Anerkennung aus; wie bin ich stolz auf meinen einzigen, lieben Franz. Die lb. Mutter will sich noch selbst demnächst bei Dir bedanken.

Wirst Du wirklich, wenn Du zu den Ferien kommst, in Langenbruck aussteigen u. zuerst zu mir kommen? Wie glücklich wäre ich, doch jetzt darf ich noch nicht daran den-ken, wie unendlich lange dauert es noch bis dahin. Ich kann trotz Deiner Bitte, lieber Schatz, nicht lustig u. froh werden, ich bin so traurig und grüble oft selbst Ursachen meiner Nie-dergeschlagenheit nach, es ist nicht Laune, die würde nicht so lange andauern, wenn ich bei günstigem […] das Passi-onsspiel ansehen will.

Mein zukünftiger Herr und Gebieter hat uns schon eine Wohnung aufgenommen, unser zukünftiges Heim – das

wollen wir uns dann recht behaglich einrichten und recht
glücklich darinnen sein, gelt, mein Franz?

Enthält die Wohnung 3 Zimmer u. eine Küche od. ist die
Küche bei den 3 Zimmern mit eingerechnet? Bitte schreibe es
mir gelegentlich u. auch wie viele Fenster die einzelnen Zimmer haben. Was meinst Du, sollten wir die Möbel in Budweis
oder Laibach kaufen? Hier könnte man sie im Voraus aus-
suchen, das Nötige bestellen und dann das Gelieferte noch
kontrollieren. Man könnte von Budweis aus einen Waggon
nehmen u. dann alles zusammen exportieren[…]
[…]

Meine theure, innigstgeliebte Emmi!

Für Dich paßt jetzt der Name „Schestauerin" nicht, für mein
Christkindchen zu prosaisch; ich will auch nicht, daß Du den
ebenso prosaischen Namen „Gottscheerin" für längere Zeit
tragen sollst. Auch ich habe noch kein Lebenszeichen von
den Schestauern, sie alle scheinen eingefroren zu sein. Dieses
Schestau ist doch von aller Welt abgeschnitten, ich fand, als
ich mich einmal in den Ferien dorthin verirrte, keinen Weg
und Steg, meiner Ansicht nach fehlen diesem Nest sogar die
Himmelsrichtungen. Trotzdem freue ich mich unaussprech-
lich auf diese Urlaubsidylle, von wo aus ich meine alltägli-
chen Wanderungen zu meinem lieblichen Olschblümchen
antreten werde, die Umwege werden für mich reizende [?]
sein und wenn ich jedesmal über die höchsten Fichten klet-
tern muß. Daß meine lieben Angehörigen nicht geschrieben
haben, wundert mich nicht, sie haben sehr viel zu tun; außerdem wissen sie ja, daß mir die jüngsten Vorgänge durch
Christkindchens Güte bekannt geworden.
Der Visitenkartenhalter ist wohl nicht der Erwähnung wert;
ich habe mit der Arbeit einen Tag vorher, als ich ihn absandte,
begonnen und ist gut ausgefallen; leider hat der Werkmeister,
dem ich den Teller zum Polieren gabdie Farben gründlich
ineinander verrieben und die ganze Patzerei noch mehr ver-
dorben; ich habe mich recht geärgert darüber. In 10 Tagen
haben wir Pfingsten – ich bin noch unschlüssig – wenn nur
der Abschied nicht gar so bitter wäre!
Christkindchen nennt mich Herr und Meister? Ich bitte
Dich, sage nicht mehr so, auch nicht im Scherz; Dein Beschüt-
zer, Dein Dich ewig und inniglich liebender Gatte will ich werden, mein liebes, treues Emmerl, und sollte ich Dir im Tode
voran gehen, um was ich Gott bitten werde, so will ich übers
Grab hinaus über mein Christkindchen wachen – in treuer,
unvergänglicher Liebe. – Entschuldige, daß ich hier einen vor-
zeitigen Gedanken eingeflochten, aber glaube mir, es besteht

zwischen mir und Anderen meines Geschlechtes ein kleiner Unterschied – ich habe Länder und Leute kennen gelernt, mein gerader Sinn ist immer derselbe geblieben; daß in meiner Brust eine edle, heilige Regung für ein weibliches Wesen schlummerte, wußte ich nicht, bis ich auf eine gleichgeartete Seele stieß, bis mir der Himmel ein Christkindchen sandte, das das beste Herz im Busen trägt. Von diesem Momente an beseelte mich nur der eine Wunsch: Nur für dieses heiß und aufrichtig geliebte Wesen zu leben und zu sterben. Es gelang mir, meine Gefühle fanden in Deiner Brust ein getreues Echo und ich – erlaß mir jede weitere Erörterung, meine liebe, gute Emmi, … jetzt, während ich diese Worte schreibe, ist mir zu Mute, als müßte ich die Feder wegwerfen und auf und davon rennen – an Dein treues Herz fliegen. […]

Gottschee, den 3.5.94

Mein innigstgeliebtes, herziges Emmerl!

Vor allem bitte ich Dich um Vergebung betreffs der unverzeihlichen Unart, welcher ich mich schuldig machte dadurch, daß ich dem bewußten Zeitungsausschnitt keine einzige Zeile beilegte; es geschah in aller Eile Sonntag abends unmittelbar vor Postschluß, ich wurde eigentlich dazu gezwungen. Sei daher nicht böse, mein gutes Emmerl, ich habe meinen Leichtsinn recht oft bereut, leider konnte ich diese Unart nicht mehr ungeschehen machen.

Der Mai ist aber, eine kurze Spanne Zeit trennt mich noch von Dir, mein süßes Bräutchen – wie freue ich mich, daß Deine trüben Gedanken ein wenig in den Hintergrund treten, sie haben Dich lange genug gepeinigt. Gestern erhielt ich von Franz wieder einen Brief, auch ihn ärgert es, weil er zu Pfingsten nicht nach Hause fuhr. Franz will während der Ferien den Böhmerwald ordentlich kennen lernen, wir werden ihn gemeinsam begleiten, nicht wahr? Eine Partie (zu Fuß) nach Sandl wäre nicht ohne, ich bin überhaupt für größere Fußpartien sehr eingenommen, erst gar mit meinem lieben Christkindchen an der Seite – wie herrlich wird das werden! Meine Schwester hat mir vor 2 Tagen geschrieben, sie ist ganz begeistert von meinem guten Emmerl, sie mag es sein, auf sie bin ich nicht eifersüchtig. Sabine hat um Urlaubsverlängerung angesucht, hoffentlich kann sie über die Ferien im Böhmerwald bleiben, mir wäre dies sehr lieb.

Daß Dein liebes Brüderl Adolf die Herzen von Sandl für sich gewonnen hat, glaube ich sehr gerne, er ist ein in jeder Richtung gediegener, liebenswürdiger Character, er ist ja Dein Bruder. Die Prüfung wird er schon machen, da bin ich außer Sorge um ihn. Gestern hatten wir Schluß an der Fortbildungsschule am Gymnasium, jetzt habe ich am Sonntag frei und kann wenigstens diesen einen Tag auswärts zubringen, um Zerstreuung zu suchen; gerade der Sonntag war bisher eine Pein für mich […]

Leb wohl, meine liebe Emmi, meine gute, herzige, kleine,
süße Braut, schon wieder hast Du [...] geschrieben [...] Laß
Dich im Geiste millionenmal umarmen und küssen von [...]

... Deinem Franz

1.6.94

Mein theures, innigstgeliebtes Christkindchen.

Deine lieben Briefe kommen ja glücklich hier an, eine Entschuldigung Deinerseits ist daher ganz überflüssig. Ich hätte selbstverständlich nichts dagegen einzu-wenden, wenn mir täglich zehn Briefe einträfen würden – allmonatlich einen meinen Fußboden in meinem Zimmer und ich könnte die heutigen Plaudereien ununterbrochen fortsetzen; das wär eine hübsche Beschäftigung, nicht wahr mein kleines Klärchen? „Daß meine Schwester jetzt schon

Mein theures, innigstgeliebtes Christkindchen!
Deine lieben Briefe kommen ja pünktlich hier an, eine Entschuldigung Deinerseits ist daher ganz überflüssig. Ich hätte selbstverständlich nichts dagegen einzuwenden, wenn täglich zehn
Briefe eintreffen würden – allmonatlich einen neuen Fußboden
in meinem Zimmer und ich könnte die freudigen Luftsprünge
ununterbrochen fortsetzen; das wär' eine lustige Beschäftigung,
nicht wahr, mein kleines Mäuschen? Daß meine Schwester
jetzt schon nach Gablonz zurückkehrt, hätte ich nie erwartet,
ich werde heute dem Schwager schreiben, vielleicht geduldet er
sich noch 3 Wochen, bis ich komme. Die Zeit ist ja so schnell
um. Sei so gütig und grüße mir Sabine, wenn Du sie siehst, sie
soll nicht fortgehen, ich komme ja bald. Dein lieber Bruder Pepi
hat mir von Höritz aus geschrieben, was mich sehr freute; ich
werde nicht ermangeln ihn in Budweis aufzusuchen und bitte
Dich daher um Namhaftmachung seiner Wohnung. Das Wetter
läßt hier ebenfalls viel zu wünschen übrig, mein liebes Emmerl;
wenige Tage ausgenommen regnet es seit 7 Wochen fast ununterbrochen; die Kälte ist unerträglich, besonders in letzter Zeit.
Ich lebe in einer fieberhaften Aufregung jeden Tag näher zum
Ziele. Die trübe Witterung fesselt mich ans Zimmer, ich kann
ungestört meinen Gedanken nachhängen; noch drei Wochen
und ich umarme mein süßes Bräutchen! Ich kann nicht schwö-
ren, ob ich nicht noch früher komme. Am 2. beginne ich mit
den Prüfungen, in einer Woche bin ich damit fertig; um dieselbe
Zeit wird mit dem Abtragen des alten Fachhochschulgebäudes
begonnen (Dachstuhl). Wir erwarten nur eine nähere Weisung
vom Ministerium, es ist nicht ausgeschlossen, daß wir den
Unterricht noch um einige Tage früher einstellen müssen; der
Himmel möge dies begünstigen. Bis dahin werde ich noch man-
chen Luftsprung machen, liebes Emmerl. Ich fürchte, daß ich
wirklich verrückt werde vor Sehnsucht nach Dir. Meine Freunde behaupten jetzt schon, daß ich zeitweise geistesabwesend bin
– sie mögen recht haben, weil sie wissen, wo mein Geist weilt. –
Gottschee, 15.6.94 […]

Mugrau, den 20.6.1894

Mein innigstgeliebter, bester Franz!
Wie oft werde ich Dir noch nach Gottschee schreiben müssen. Hoffentlich nicht mehr so oft, als ich es bereits getan!

Das wäre doch schrecklich, nicht wahr, die Zeit verstreicht ohnehin so langsam! Es wird doch besser sein, wenn wir uns täglich sehen u. ausplauschen können, als der langweiligen Post unseren Gedankenaustausch anzuvertrauen!

Du beklagst Dich, dass die Tage immer länger werden; das ist doch ganz natürlich, bis zur Sonnenwende vollzieht sich doch jedes Jahr dasselbe Schauspiel, Geduld, von Sonntag an werden sie wieder kürzer u. eins zwei bist Du den letzten Tag in Gottschee. Der „Quälgeist" muß Dich ein wenig plagen, daß Du mit etwas Ärger über ihn die Zeit angenehm vertreibst. Hast Du mich doch auch geärgert, beim Lesen Deines Briefchens machst Du mich erröten – Du Schmeichler!

Daß sogar der Schlaf Dich treulos verläßt, tut mir sehr leid, armes Hascherl, Du darfst halt nicht rechnen u. zählen, das darf ich auch nicht, mache es zu Pfingsten, denk nicht daran, dann kommt der Tag der Abreise, ehe Du es versiehst.

Machst Du noch fleißig Luftsprünge? Wenngleich der Fußboden durch ist, einen neuen brauchst Du hoffentlich nimmer!

Mein Hoffen, mein lieber Franz, war doch umsonst, ebenso Dein Apell an Herrn Schwager. Sabine ist heute abgereist, obwohl sie noch so gerne hier geblieben wäre. Ich war Sonntag noch bei ihr, da teilte sie mir mit, daß sie am heutigen Tage endgültig abreisen würde. Ich soll Dir noch viele herzliche Grüße melden. Du sollst Dich trösten, zu Deiner Hochzeit hofft sie zu kommen – u. will dann einige Zeit hier bleiben, um Dich doch sprechen zu können.

Mir ist immer leid um Dein gutes Mütterchen, sie hatte an der lb. Schwägerin eine so große Stütze. Jetzt sehe [...]

[...] 3. Stock bei Frau Agnes Buchmann, Klavierlehrerin
Ringplatz Nr. 5

Bald wird es ernst

Mugrau, den 2.7.94

Mein innigstgeliebter Franz!

Fast kann ich nicht schreiben, die Nachricht, daß Du nun in einigen Tagen schon kommst und am Ende gar recht bald u. unerwartet, hat mich in eine sehr freudige Aufregung versetzt! Ist es wirklich kein Traum, daß unsere Erlösungsstunde schlägt, mein lieber Franz, nach so langer, schmerzlicher Trennung? Kaum vermag ich es zu glauben. Wenn es Dir möglich ist, so benachrichtige mich, wann Du ankommst, ich komme Dir entgegen. Wenn es Dir lieber ist u. besser paßt, komme ich Dir bis Höritz entgegen, wenn Du dort umsteigen u. früher zu Deinen Eltern gehen willst; wenigstens kann ich Dich doch früher sehen! Dies ist voraussichtlich mein letzter Brief, den ich Dir nach Gottschee schreibe ich … lieber nicht, wann Du dahin zurückkehrst … dann brauche ich Dir nimmer schreiben u. kann Dir alles selbst sagen, was mich drückt u. beglückt. Ich möchte Dich gerne sehen beim Einpacken, wenn Du alles verkehrt machst, hast Du doppelte Arbeit u. infolgedessen vergeht Dir die Zeit schneller.

Meinen besten Dank, lieber Herzensfranz, für die Monogramme, sie hätten ja nicht per Eilpost gezeichnet werden müssen, ich bat ja nur, wenn Du Zeit hast.

Ich bin halt ein Quälgeist, nicht wahr? Schelte nicht mit mir, ich schreibe Dir ja ohnehin, wenn ich etwas brauche. Jetzt habe ich keine ruhige Stunde mehr, jeden Tag denke ich an die Möglichkeit Deiner Ankunft, ich bringe nichts ordentliches mehr zustande. Besonders mein heutiger Brief ist miserabel, verzeihe mir, aber ich bin in einer großen Aufregung vor Freude, daß ich den ganzen Tag die frohe Stunde des Wiedersehens kaum erwarten kann. Wirst Du per Rad kommen, wie es einmal Dein Vorsatz war? Von Deinen Eltern herzliche Grüße, sie freuen sich schon sehr, bis Du kommst. Schwägerin Sabine ist glücklich in Gablonz angekommen zur größten Freude ihres Mannes, der war in Reichenau bereits erwartet, wäre sie nicht mit […]

Mugrau, den 7.7.1894

Mein innigstgeliebter, guter Franz!

Soeben erhielt ich Deine lieben Zeilen u. mache mich sofort an die Beantwortung derselben; Marie von Langenbruck, welche schon die ganze Woche hier weilt u. mir sticken hilft, ist so freundlich u. nimmt den Brief zur Bahn mit, ein kurzes Weilchen bleibt mir nur mehr!

Jeden Tag meint ich heute könntest Du kommen – da kam Dein lieber Brief mit der Liebespost, wie mir war, ich will darüber schweigen!

[…]

Verzeihe, Liebster, daß ich Dein vorletztes liebes Schreiben nicht beantwortet, ich dachte […] kaufen würden. Bezüglich meiner Dokumente meine ich, u. auch Vaters Meinung ist es, daß ich sie Dir nicht schicken brauche, da es vielleicht nicht notwendig ist, daß wir in Gottschee aufgeboten werden. Wenn Du sechs Wochen weilst, so kannst Du hier aufgeboten werden; es wäre Dir weniger umständlich. Oder willst Du dort aufgeboten werden oder besteht Herr Dechant von Gottschee darauf? Wenn ja, dann bitte mir Deine Meinung gleich zu schreiben u. ob ich die Dokumente schicken soll. Den Taufschein habe ich, da ich ihn bereits bei meinem Eintritt ins Institut benötigte u. den Ledigenschein – (gräßlich!) dürfte ich ja auch gleich bekommen.

Ist denn wirklich von unserer Vermählung die Rede, liebster Franz – es ist mir wie ein Traum, ist die Zeit unserer wirklichen Vereinigung schon so nahe? Ich habe jetzt nur den einen Wunsch Dich endlich einmal zu sehen, wahrhaftig an Dein treues Herz zu fliegen.

Vielleicht kommt nochmals ein Aufschub, ich glaube schon nichts Gutes mehr!

[…]

Ein letztes Mal

Nie wieder als Junggeselle

Mein süßes, innigstgeliebtes Christkindchen!

Sei außer Sorge, ich werde Dir keinen Aufschub mehr melden. Samstag den 14. fahre ich unwiderruflich ab. Ich brenne schon vor Ungeduld und zähle die Minuten – kein Mensch ist imstande meine Gefühle zu taxieren – ich trete die seligsten Ferien, die mir je beschieden waren, an.

Samstag um 9 Uhr haben wir Schulmesse und um 10 Uhr Zeugnisverteilung; abends 6 Uhr verlasse ich – als Jungggeselle zum letzten Mal – Gottschee, übernachte in Laibach und bin Montag abends bei meinem lieben, lieben Christkindchen. Leider komme ich erst mit dem letzten Zuge an, natürlich in Langenbruck, ich muß Dich am Montag noch umarmen; wie könnte ich zu Hause eine Nacht verschlafen ohne mein Christkindchen vorher begrüßt zu haben! – Nicht wahr, mein liebes Emmerl, Du hast nichts dagegen? Ich fürchte keine Gespenster und spaziere gerne herum in der Nacht, der Weg nach Schestau ist ja eine Kleinigkeit.

Die Dokumente, d.h. den Taufschein lasse nur ruhig zu Hause liegen, der H. Dechant wird auf ein Aufgebot in Gottschee verzichten müssen, wenn dies nicht im Ansatze vorgeschrieben ist; ich bin über 6 Wochen abwesend, daran dachte ich gar nicht, als ich mit H. Dechant sprach. Zu Hause wirst Du auch keinen Ledigschein benötigen, armes Hascherl. In mancher Beziehung sind die Gesetze geradezu absurd.
[…]

Gottschee, 9.7.94

Franz während des 1. WK

Emmi während des 1. WK

Emmi mit Eltern und
Brüdern

die 2 älteren Kinder

Die Jüngste, meine Mutter,
fein heraus geputzt

Im Faschingskostüm

Meine Großmama

Meine Mutter

Tochter Emmi
und Sohn Otto

Emmi mit Kindern und
Schwiegerkindern

Ein Nachmittag in unserem Wohnzimmer. Ein großer Tisch und darauf stehen diverse Schachteln, hübsch verzierte Kästchen und Schatullen, vollgestopft mit alten Fotos. Eine kleine, unscheinbare Pappendeckelschachtel, zusammengebunden mit einer zerfransten Spagatschnur. Drum herum sitzen wir, die Nachfahren meiner mütterlichen Vorfahren. Vor allem unsere 2 Seniorinnen, beide über 90, sollen so manches, was mir an genealogischem Wissen fehlt, ergänzen, ehe sich endgültig der Schleier des Vergessens über den Bilderberg legt.

Irgendwann knüpfte ich das unscheinbare Schächtelchen mit den Briefen auf. Außer der Adresse konnte ich eigentlich nichts entziffern. Dass ich im Gymnasium noch die Kurrentschrift „gelernt" hatte, war längst vergessen. Also wurden sie an die Ältesten weitergereicht und schon nach den ersten Zeilen machte sich Aufregung breit: „Aufpassen, hört zu!", rief Gundl plötzlich, „da schreibt Franz, dass er um Emmis Hand anhalten will." Jetzt war unser aller Interesse geweckt und vor allem bei mir setzte sich sofort in einem Winkel meines Gehirns das Bild eines hübschen Büchleins fest, mit dem ich meine Verwandten beglücken wollte.

Was sich für mich als unlösbar herausstellte. Ich mache gerne und auch ganz gut Fotobücher. Bilderbücher mit möglichst wenig Text. Und Kalender. Mit einer guten Software alles kein Problem. Aber wie bitte macht man ein Buch mit Text? Wo ich schon mit Word auf Kriegsfuß stehe und von der Erstellung eines Layouts zusätzlich null Ahnung habe? Ganz zu schweigen von PDF und anderen mir unbekannten Buchstaben. Ich lese zwar unendlich viel, aber ein Nicht-Fotobuch selbst gestalten?

Lange überlegte ich außerdem, ob ich die Liebesbriefe überhaupt veröffentlichen sollte. Selbst wenn ich sie nur für meine Nachkommen und Verwandten in einem Buch lesbar machen würde, wäre es eine unverzeihliche Bemächtigung meinerseits? Ein quasi unautorisierter Einblick in die persönlichsten Gedanken zweier Menschen? Maße ich mir etwas an, was mir moralisch nicht zusteht? Ist es gruseliger Voyeurismus?

Den Ausschlag gaben letztlich meine Tochter und meine Schwiegertochter. Beide erwachsene und tüchtige, moderne Frauen. Nach nur einem Brief, den sie gelesen hatten, waren sie gerührt und geradezu entzückt. Beide mussten resigniert feststellen, dass ihnen wohl für immer die durch die moderne und praktische Art, Grenzen und Distanzen zu überwinden, der Erhalt solcher Liebesbriefe verwehrt sein würde. Am liebsten hätten sie sie gleich in Buchform einer Freundin zur Hochzeit geschenkt.

Zuerst dachte ich daran, nur einige wenige Briefe beispielhaft zu verwenden. Aber nachdem auch meine liebe Kusine Gundl immer neugieriger wurde, wie es denn mit dem verliebten Paar weiter ging, wurden es schlussendlich insgesamt 36, die sie in bewundernswert klarer Handschrift für mich transkribierte. Es betrübt mich sehr, dass sie die Veröffentlichung nicht mehr erleben konnte.

Großen Dank auch an Riki, die mit ihrem Wissen viele Fotos und Urkunden erklärte und diverse komplizierte Familiendinge entwirren half.

Ich bin sehr froh, dieses Vorhaben verwirklicht zu haben.

Mag. Brigitta Moser,
Bad Zell
im November 2015